山谷微风

余华

著

北京出版集团
北京十月文艺出版社

新经典文化股份有限公司
www.readinglife.com
出　品

目 录

一直游到海水变蓝	1
库斯图里卡的鞋带	15
山谷微风	29
画上两块手表抽烟	35
小玛德莱娜点心	41
我这些年最美好的梦	61
生气发怒的故事	71
到上海去	75
两个看电影的讲述	83
第一个庄严的音符	89
童年情景	97
医院里的童年	101
麦田里	111
土地	115
包子和饺子	123

最初的岁月	129
看海去	139
儿子的出生	145
流行音乐	155
可乐和酒	159
恐惧与成长	163
儿子的影子	171
消费的儿子	175
父子之战	177
儿子的固执	185
这是时间对我们的迫害	189
一个成年人的不安	191
别人的城市	195
没有青春了	199

一直游到海水变蓝

二〇一九年的时候,资深文学爱好者贾樟柯决定拍摄一部关于作家成长的长片,邀请我这个资深电影爱好者参与一下。恰好贾樟柯在他的家乡举办第一届吕梁文学季,作家诗人纷至沓来。贾樟柯借此良机,电影在贾家庄开机,片名暂定"一个村庄的文学"。起初我没有计划过去,四月下旬吕梁文学季在贾家庄开幕时,我父亲要在杭州动手术,我告诉贾樟柯无法离开杭州,可是主刀医生突然出国参加学术会议,我父亲的手术推迟到五月。我告诉贾樟柯可以过来,贾樟柯说,谢谢医生。

我们在吕梁进行了一天的拍摄,我以为自己的部分完成了,到了六月贾樟柯的微信来了,说我的还没有完成,问我在哪里。我说在海盐,我父亲在杭州动完手术后回海盐住院。贾樟柯和剧组在梅雨季开始之时来到海盐,我们在海盐也拍摄了一天,最后一场是在海边拍摄的。这是杭州湾的海边,海水是黄色的,拍完后我坐到抽着雪茄看着监视器的贾樟柯旁边,对他说,给我一根雪茄。

我们抽着雪茄的时候,贾樟柯指着监视器里波动的海水对我说,我用滤镜把黄色的海水变成蓝色。我对他说,我小时候一直不明白,为什么课文里说海水是蓝色,可是见到的海水却是黄色的,有一次我一直往外游,想游到海水变蓝。

贾樟柯是一个临场反应迅速的导演,听我说完这话,他马上说,余兄,请你从那里走过来,把刚才的话再说一遍,我们的电影改名了,不叫一个村庄的文学,就叫一直游到海水变蓝。

那时候已近黄昏,我与他讨价还价,我说,一条过。他点头说,一条过。我起身走过去时,看着摄影和录音团队扛着设备往前跑去的背影,现场导演站在不远处,把我行走的线路指定出来。我沿着堤岸走了一段,把刚才的话重复说了一遍。贾樟柯说,很好,这条过了。接着又说,余兄,保一条,请你再走一趟。

一直游到海水变蓝的愿望，应该是我上初中时出现的。为什么课文里描述的海水是蓝色的，我们这里的海水是黄色的？很多问题会在成长里消失，这个问题没有消失，陪伴我从童年来到少年。自从在小学课文上看到海水是蓝色之后，我在宣传画上看到的海水，在新闻纪录片里看到的海水，都是蓝色的，可是真实的海水，我能够切实看见的海水却是黄色的。上初中的时候，有一次，应该是夏天的傍晚，堤岸上有人在走动，有人在说话，我站在那里，看着茫茫大海，落日的余晖将远处的海水映照出光芒的波涛，一个想法因此出现，我觉得那里的海水应该是蓝色的。

大概是小学三年级，父母担心我会淹死，禁止我游泳的时候，我偷偷在池塘里学会游泳。当时我们家在杨家弄11号，现在的84号，我们家在楼上，窗户面对广阔的田野。

田野分散了农民的房子，也分散了池塘。那时候视野里的中午寂静无人，知了的叫声让夏天的炎热更加炎热。我经常在中午的烈日下走到离家较远的池塘，走到父母即使站在窗前也看不清楚我样子的池塘那里。我们家有放大镜，没有望远镜。

我看看四周,确定没人,脱下背心短裤,光屁股走入水中。刚开始在池塘边缘活动,不敢往深处去。双脚踩着水底烂泥和烂泥里尖利的石子,双臂使劲划动,半走半游,像电影《地雷战》里鬼子进村似的小心翼翼。慢慢地学会了在水中蹬腿,身体可以漂浮起来,这是游泳的身体了。

那个暑假里,我差不多每天中午都去池塘里自学游泳,每次一小时左右,然后离开池水,走到田埂上,赤条条站着,让阳光把身体晒干,捡起地上的短裤背心穿上,走回家中。

我在池塘里学会游泳,我的游泳也就告别池塘,来到河里。我们江南地区,河流穿过每个小镇,河流曾经是唯一的交通。我小时候,海盐有一条去上海和杭州的公路,但是从县城去其他乡镇仍然只有水路。我就是在这样的水路里开始了2.0版本的游泳,游泳的区域集中在向阳桥一带,有时候也会突破这个区域。

当时夏天的河上欣欣向荣,有我们这些游泳的孩子,有蹲在河边洗衣服的女人,有站在河边满身肥皂泡沫洗澡的男人,有农民摇着水泥船过来过去,有长长的拖船突突响起，拖船声音很响，船速很慢。

我们的游泳突破向阳桥区域，游往远处，就是拖船来了。拖船一来，我们奋力游过去抓住船舷，让身体漂浮，让突突响着的拖船把我们带出县城，带到远方。

我记忆里，只有一次去了远方，其他时候我们都被船上的人用竹竿打离拖船，我们的对抗是向船上挥动竹竿的人吐口水，可是口水常常被风吹回到自己脸上，我们骂人的话风吹不回来，顺利进入船上手持竹竿的人的耳中。

只有一次，我们没有被竹竿驱离。不知道是什么原因，可能是船上负责对付我们这些孩子的人抱着竹竿午睡。我们搭顺风船搭出了武原镇，看到河两边都是田野，感觉到远方了，我们在田野中间的河流里前行，看着路上挑着担子的农民一个个被我们超过，我们高兴得哇哇大叫，声音去了更远的远方。

然后我们满足了，放弃继续前行，离开船舷，游到岸边，上去坐在青草地上，拍打爬到脚上腿上的蚂蚁，讲述各自的兴奋感受。我们的感受雷同，正是雷同，我们的兴奋汇合到一起，拧成一股绳。

我们在兴奋里等待过来的拖船,把我们带回向阳桥。当时河上的拖船频繁出现,隔一段时间就会过来长长一条。我们游过去抓住船舷,被竹竿驱赶,与船上人对骂,这样的情景一次又一次,几经挫折,胜利回到向阳桥。

后来我们开始潜泳比赛,站在向阳桥水泥栏杆上,等着拖船和水泥船过去的空档期,向下跳水,一头扎进河水后开始潜泳,看谁的潜泳最长。为此我苦练憋气,不游泳的时候经常把脸埋进脸盆的水中,可是肺活量不够大,最长一分钟左右。我的潜泳因此从来没有赢过,有一次我恶作剧,跳入水中后没有向前潜泳,而是向后,潜到桥下露出水面,听着同伴们在桥上说话,他们对我迟迟没有出现先是惊讶,以为我这次是超水平发挥,过去几分钟了我还是没有露出水面,他们紧张了,认为我出事了,讨论着要跳下来救我,这时候他们听到我在桥底下的大笑声音。

我的游泳技术在河里得心应手后,3.0 的大海版本来了。我在河里游泳的时候,拖船过来掀起一层一层的波浪,让我平躺的身体在水面摇摇晃晃,感觉十分享受。大海不一样,大海里涨潮时的浪涛,对于我的身体不是享受，是搏斗，让人兴奋到尖叫的搏斗。

退潮时的大海心平气和，我游出去后仰躺在波浪上，想象自己的身体是一叶荡漾的扁舟，眼睛看着蓝天白云，看着晚霞出现时染红白云，染红天空。

涨潮时的大海怒气冲冲，波涛汹涌，身体被海水抛来抛去。经常是奋力划水，游出去两三米，又被浪涛打回到原处。当时堤岸的石阶很窄，我上岸时游到石阶前，数着浪涛的次数，我们那里涨潮时的浪涛是两大一小，如果我在第一个大浪后爬上石阶，第二个大浪必然把我拉下来，所以我要让第一个大浪把我推到石阶前，第二个大浪让我的脚碰到石阶，趁着第三个是小浪时赶紧爬上去。

这可能就是人们常说的水性。我初中开始在我们海盐的大海里游泳，十年里没听说过有人在海里淹死。海盐秦山核电厂开始建设，两三千外地工人来到海盐，他们中间喜欢游泳的人会在夏天加入进来，在大海的浪涛里奋力划水。然后有人被海浪卷走再也没有回来的消息传开，而且连着几年都会传来这样的消息。我相信这几个外地来的都是游泳高手，而且有着很好的水性，才会在涨潮时跳入海中与浪涛搏斗。可是水性是什么,做一个比喻,水性是方言,方言只有家乡的人能听懂,再好的水性也只是了解家乡江河大海的脾气,离开了家乡,也就离开了水性。

我决定一直游到海水变蓝,是上高中的时候。夏季里的一天,接近傍晚的下午,大海正在退潮,显得平静安详。堤岸上放着一堆一堆的男女衣物和拖鞋,我把背心脱下来,找一个空地放下,拖鞋压在上面是避免背心被海风吹走。我爬下石阶,走过涨潮时就会淹没的水泥防护道,在人声喧哗里走进海水,很多人在那里游泳,还有孩子,我看见一个个救生圈,我在他们中间游过去。

我向着大海的远方游去,身旁游泳的人开始少起来。我一直向前游,身旁没有人了,后面的声音也轻了,海水仍然是黄色的。我继续向前游,后面的声音逐渐轻微,我游到后面没有声音,海水还是黄色的。我向着大海深处继续游去,感觉自己是在游向大海的心脏。

我往回看了看,堤岸遥远了,那里游泳的人群也遥远了。我停止游泳,双脚不停踩着海水,犹豫起来,堤岸和人群的遥远让我有点心虚,我心想是不是应该往回游。

这时候我注意到海水不再是黄色，海水变绿了。这是巨大的鼓励，我又信心满满，我要继续游，我暂时不管堤岸和人群越来越遥远，我觉得马上就会游到海水变蓝。

接下去我进入了海流。我有一阵子惊慌失措，使劲向前游去，我想游出海流。我奋力划水蹬腿，感觉自己一直在原处打转，我意识到游不出去，海流很急，我知道所有的努力都是徒劳。那一刻我很害怕，觉得可能回不去了，甚至想到明天武原镇上就会传开来有关我的消息，人民医院华医师的小儿子被海浪卷走了。

我心慌害怕，无力抵抗海流，顺着海流漂去。我被海水打湿的眼睛时不时看看越来越远的堤岸，堤岸是我仅剩的勇气，是我的救命稻草，后来看不见堤岸，仅剩的勇气没有了，救命稻草也没有了。

我开始仰泳，严格说不是仰泳，只是让身体躺在海面，手和腿的摆动只是让身体在海浪里保持平衡，不让身体沉入海里。这不是保持体力，是心里害怕之后身体失去了力气。海流越来越急，我的身体漂去的速度越来越快。我不知道海流会把我带往何处,只知道海流会把我带往越来越远的地方,一个让我此生无法回家的地方。恐惧一往无前,让我觉得此生很快就要结束,结束在茫茫海水里。

我在恐惧里快速深入的时候,一根真正的救命稻草及时出现。我想起来之前在海里游泳时有人说过,不止一个人说过,遇上海流不要想着游出去,谁都游不出去,随着海流漂过去就行,海流最后会把你们带到一个岸边,因为这里不是太平洋,这里是杭州湾,是海湾。

我转悲为喜,心里一下子安定下来,恐惧离我而去,力气回到我身上。我看了看四周,只有海水,继续用仰泳的姿态躺在海水上,这是为了保持体力。我有心情看天空了,身体随海流漂去时,眼睛欣赏起天空的变化。

落日正在下来,晚霞映红天空。落日下到海面上,离我既远又近。落日掉入海中,晚霞暗淡下来。月亮出现了,一轮圆月;星星出现了,点点滴滴;月亮越来越亮,星星越来越多。一片片白云在天空里缓慢移动,它们向着同一个方向移动,它们不会碰撞。

移动的白云让天空看上去不再空虚。

我看着夜晚的白云，觉得夜晚的白云比白天的还要白。一片片白云都有自己的形状，像是世界地图上的一个个国家，有的大到气势恢宏，有的小到纤巧玲珑，没有白云遮挡的深邃星空像是地图上海洋的颜色。月亮在白云之间快速移动如同在飞翔，突然间我看到月亮四周出现了光晕。月亮从一片厚厚的白云里出来，进入一层薄纱似的白云，这时候光晕出现了。两个闪闪发亮的圆圈，与月亮一样圆，里面一个，外面一个，光晕是金色的。

我不知道多少次看过月亮，有时候躺在草地上，有时候躺在藤榻里，有时候身体站着抬起头，可是没有见过月亮的光晕。我在海流里漂浮时看到了，看到两个金色闪亮的光晕，我叫出声来：月亮的光芒是金色的，不是银色的。

我的身体在黑夜里漂去的速度应该是河流里拖船的速度。很长时间过去后，我感到天空里有些异样，似乎亮光有些变化，我改成蛙泳的姿态，看到远处有星星点点的光亮，我知道那是什么，激动地叫出声来：灯光，他妈的是灯光。我体会到从未有过的激动,海流把我带向正确的地方。

就这样,我一会儿以仰泳的姿态躺在波浪上休息,一会儿翻身用蛙泳的姿态去看看远处的灯光。看到灯光越来越多,越来越亮,我的激动变成了感动,海流正在送我回家。我忍不住泪流而出,泪水模糊了我的眼睛,看不见灯光,灯光可是我的生命之光。我的手从海水里抽出来,去擦眼泪,我想用眼睛去经历这灯光越来越近的时刻。可是手上又咸又涩的海水进入我的眼睛,眼睛出现灼热的疼痛,我不能再用手去擦,我闭上眼睛,让身体感受海流的速度。我看不见灯光,我知道离灯光越来越近。

我开始笑了,先是微笑,接着笑出了声音,我的笑声在海浪声里微不足道,可是我的幸福是超过海浪的汹涌澎湃。

我上岸的地方是平湖乍浦,离我们海盐武原十公里左右。我身上只有一条短裤,在月光下赤脚向着海盐方向走去。我尽量沿着海边的堤岸走,可是堤岸会中断,我就沿着公路走,当时的公路是碎石子铺成的,赤脚走在上面硌得疼痛,我就沿着路边走,路边有青草,让脚踩在青草上。

我走得精神抖擞，虽然饥肠辘辘，筋疲力尽，依然劲头十足。死里逃生的幸福感觉支持我不停向前走，堤岸出现时，我走上堤岸，堤岸消失了，我走在公路旁边的青草上。

我终于走回到下海的地方，那个地方叫敕海庙，当时只有地名，没有建筑。我不知道时间，抬头看看，月亮就在头顶上，感觉是深更半夜。

堤岸在月光和星光下空空荡荡，我的背心和拖鞋还在那里，没人动过，拖鞋压在背心上面。我穿上背心和拖鞋，走下堤岸，走上同样是碎石子铺成的路，不同的是我不再赤脚，我听到拖鞋叭哒叭哒的响声，熟悉又亲切的响声。

月亮进入一片厚厚白云的时候，我回到家中，父母和哥哥在梦乡里已有一段时间。因为我没有回家，门没有上锁。我摸黑进去，摸到给我留下饭菜的桌子旁坐下。我在黑暗里吃完饭，在黑暗里上床躺下。

二〇〇八年，全长三十六公里的杭州湾跨海大桥建成通车后，我回到海盐，让哥哥开车带我到大桥中部的海上平台"海天一洲"。这是大桥的休息服务区，在这里可以走下大桥，可以近距离看清杭州湾海水的颜色。

我走下去之前，站在大桥上看了看十多公里外的远处，因为有雾，我看不见海盐。高中时的我是游不到这里的，这里应该就是我曾经认为的大海的心脏。

我沿着钢结构阶梯走下去，去看看距离海盐堤岸十多公里的海水是不是蓝色的。我看见的不是蓝色，是绿色，就是当年我在海水里见到的绿色，鼓励过我的绿色。

二〇二四年四月十八日

库斯图里卡的鞋带

我与库斯图里卡相识于七年前，贝尔格莱德进入春天的时候，一个小范围的会议，塞尔维亚文化部长主持，库斯图里卡是会议的主角。在这个七人会议上，一位八十多岁的塞尔维亚老作家认真参加会议，不参加晚上聚餐。我印象比较深的是俄罗斯作家扎哈尔·普里列平，他曾经是特种兵，参加过车臣战争，他是从顿巴斯来到贝尔格莱德，他和家人居住在顿巴斯。这位光头作家发言时像是一个军官在参加军事会议，为此奥地利作家彼得·汉德克表情严肃地看着他，开玩笑说：谢谢你没有背着AK47来开会。这位普京的朋友（他自己这么说的）差点让乌克兰特工干掉，去年五月六日在俄罗斯下诺夫哥罗德州的公路上，他乘坐的汽车被炸，司机炸死，他炸伤。会议进入最后一天，一位法国作家来了，他不知道前面两天我们说了些什么,我们说话时他插不进来,他整个下午都在迷惑地看着我们,到了晚餐的时候仍然孤独,我们互相熟悉地说话,他像个陌生人坐在那里,后来他端着酒杯坐到我身旁说:这个会议很奇怪。

我是在贝尔格莱德街上第一次看到库斯图里卡没有系鞋带,那时候我们走在一起,他穿着一双黑皮鞋,走去时鞋带自由地甩来甩去,起初我以为他不知道鞋带松开了,提醒了他,他点点头继续走着,没有一丝停下脚步系鞋带的迹象,我以为他是懒得弯下腰去,松散的鞋带并不妨碍他的行走。后来的两天,我注意到他仍然没有系鞋带,于是他的鞋带出现了两种表情,他开会坐下时,鞋带垂头丧气耷拉在那里,他起身行走时,鞋带生机勃勃甩动了。我不知道他为什么不系鞋带,显然他并不讨厌鞋带,如果讨厌的话,他可以去穿没有鞋带的鞋,我当时想这可能是他的个人嗜好。

此后不到一年时间里,我们又见了两次,一次是在上海,他带来了新电影和无烟地带乐队。下午我们在宾馆见面,我看了一眼他的鞋,鞋带还是散开的。晚上在剧院看他和无烟地带乐队演出,他弹着吉他在舞台上蹦蹦跳跳,自由的鞋带"野蜂飞舞"了。另一次是在塞尔维亚靠近波黑的木头村,二〇一八年一月的一天下午,我们在一个山顶木屋里吃了烤牛肉,外面白雪皑皑,傍晚时分我们走到户外,在寒风里观赏落日在白茫茫中降落的壮观景象。第二天他开车带我去波黑塞族共和国的维舍格勒,他的双脚踩进厚厚的积雪,走向他的SUV,我跟在后面,看着他的鞋,鞋带仍是散开的,鞋带和鞋一样沾满了积雪。我至今难忘那里冬天的美景,山势层层叠叠,树林也是层层叠叠,树上结满了霜,一片一片的灰白颜色波浪似的下去又上来。

就是这次塞尔维亚与波黑之行,我去了萨拉热窝。对于我们这一代中国人,萨拉热窝是一个传奇城市,两部电影,《瓦尔特保卫萨拉热窝》和《桥》曾经风靡中国。萨拉热窝也是南斯拉夫时期的艺术之都,那里文艺人才辈出,库斯图里卡是其中杰出的一个。他在萨拉热窝出生,在一个很好的家庭里成长,可是他经常与一伙不良少年混迹街头巷尾,他自然也是不良少年。他少年时期的玩伴后来都进了监狱,如果没有对电影的热爱,他很可能会在监狱里与玩伴们相聚，电影把他拉了出来，让他去了布拉格。他从布拉格学成归来时，已经是崭露头角的青年导演。

我在萨拉热窝时去了他少年时期生活的街区，我站在路边看着行驶的车辆，心想这哥们少年时干过的坏事和眼前的车辆一样多。

南斯拉夫解体后，不同民族之间煽动仇恨，现在巴尔干的穆族和塞族很难共处，库斯图里卡无法回到他的故乡萨拉热窝，这是一座属于穆斯林的美丽城市。他思念故乡的方式之一，是请居住在波黑塞族共和国的朋友去萨拉热窝时拍一些照片发给他。

我离开萨拉热窝，离开贝尔格莱德之后，也就忘记了库斯图里卡的鞋带。今年四月二十五日，我们在北京国际电影节见面，我也没有去看他的鞋带。电影节组委会的郝洁邀请我参与库斯图里卡的大师班讲座，讲座进入尾声的时候，他抬起脚，让台下的听众看看他浅棕色皮鞋上散开的鞋带，我这才重新注意他的鞋带。我和在场的听众得到了他的回答，他解释为什么不系上鞋带，这是为了表明他身心放松，如果系上鞋带，表明他处于紧张之中，准备随时逃跑。

很好的解释。紧张还是放松，都是生活给予的，什么时候给予什么，是生活的意愿，我们没的选择，只有接受。库斯图里卡散开的鞋带是一个姿态，并非他现在已经远离紧张，紧张仍会经常找到他，但是他知道如何对付了，他已不是少年库斯图里卡，他已是老江湖库斯图里卡。

我觉得库斯图里卡散开的鞋带是对自己少年经历的警告，这个曾经的不良少年如何逃跑的经验丰富多彩，我相信他有过很多心惊胆战的时刻。我们也一样，我们的少年里不会缺少逃跑，不会缺少心惊胆战，而且逃跑和心惊胆战如影随形，追随我们一生。

我少年时期的紧张，很多时候是因为自己的口吃，这是童年时觉得好玩，觉得结结巴巴说话别具一格，当我成为一个正式的结巴后，想改已经晚了，改不过来了。我应了那句老话，世上没有后悔药，人生没有早知道。

我口吃的表现因人而异，与父母哥哥还有同学在一起很放松，说话比较连贯，虽然时常停顿，总还能把那些词汇艰难地说出来；与不怎么熟悉的人说话时，就会无端紧张起来，说话不再是停顿，而是卡住，停顿对我来说不算什么，卡住才要命，卡住如同一座高山挡住了我的去路，怎么也翻越不过去。那时候我只能低下头，满脸通红地站在那里，用点头或者摇头来回答对方的问话。我的口吃也因天气而异，有个说法，下雨天容易口吃，太阳天不会口吃。不知道真是如此，还是心理作用，每到下雨天我说话总是断断续续，太阳天说话明显流畅一些。

我上小学时的一个夏天，晚饭后我们一家人在屋外乘凉，我父亲想起医院工作上的一件事，让我去给他的一个医生同事传话，传什么话我忘了，我不愿意去，对父亲说，让哥哥去。我是担心自己的口吃，站在一个陌生的门口，面对父亲的同事，我有可能一个字都说不出来。我父亲的权威是不容置疑的，他对我说，就是要你去。我继续说，就是不去。我父亲沉着脸进屋拿着扫把出来，他还没有把扫把举起来，我连声说，我去，我去。

我听到父母和哥哥在后面的笑声，我父亲好像还说了一句敬酒不吃吃罚酒之类的话。我生气又委屈，走出我们当时居住的杨家弄，走上大街，口吃担忧症的症状开始出现。

我在紧张的感觉里沿着城里的小河向父亲同事的家走去，先是在心里默念那句话，在心里说的时候还算流畅。我尝试小声说出来，第一次比较顺利说完，第二次出现停顿，接下去一次不如一次，后来几乎每个字说出来时都是停顿后拉长，而且越拉越长，像是唱来出的音节。路上有人叫我的名字，我心不在焉地看他一眼，好像是我的同学，他笑着问我自言自语哼的是什么。我面红耳赤，没有回答他，继续走去，我不敢再发出声音。我恍惚起来，路上认识的人都是好像认识。

我走到父亲同事家门口时，另一个担心出现了。他住在河边的房子里，我站在他的屋门外，我担心敲开门之后出现的不是他，是他的家人，我就要多说一句话，问他的家人，某某叔叔在不在家。我担心这句询问的话会停顿卡住，声音拉长了唱歌似的才能说出来，要命的是之后面对父亲同事还要说一句话，一次唱歌变成两次唱歌。

就在我的担心转化为害怕时，屋门打开了，我父亲的同事正要出来，好像是要倒垃圾，他见到我站在门外怔了一下，随即笑着说，是余华啊。他的出现让我猝不及防，正是这样的突然，担心害怕瞬间消失，我流利地说出了那句话。

我沿着河边回家时心花怒放，感觉傍晚的天空从来没有这么好看过，云彩在落日和晚霞的映照里闪亮，长长的拖船驶去时河水掀起层层波浪，我觉得波浪很快乐。见到认识的人我主动叫出他的名字，遇到同学时说几句话，我发现自己说话流畅了，几乎没有停顿卡住的时候。

这个经历对我口吃的治愈立竿见影，我说话时不再畏首畏尾，而是敞开交流了，虽然还会出现停顿，也是小小的停顿，很少有卡住的时候，不影响我的正常说话。

我说话顺利了几年后，一次经历把我打回原形，那是我口吃史上登峰造极的时刻。我上高中，当时县里每年几次的公判大会都是在我们海盐中学的操场上进行。因为我作文优秀，学校推荐，上级同意，布置我写一个死刑犯的批判稿，而且让我站在公判大会的台上念自己写的稿子，这对于少年的我是光荣和梦想。我认真看完这个死刑犯的罪状，写出批判稿，里面充满了《人民日报》上每天出现的革命语句。批判稿顺利通过审查,接下去我只要站在台上,用义正辞严的腔调念完,我就大出风头了。

公判大会的前一天晚上,因为激动睡不着,我脑子里一遍遍想着明天的风光时刻。这时候一个不合时宜的念头出现,明天公判大会上口吃了怎么办。情绪急转直下,从兴奋激动的高峰跌入心虚胆怯的谷底。担心像雾一样弥漫开来,忐忑成为我心跳的节奏。虽然我给自己壮胆,让自己放心,明天会把稿子顺利念完,可是担心忐忑不时袭来,我在自我鼓励和担心不安的拉锯战里昏昏入睡。

第二天早晨醒来,我对自己口吃的担心不仅没有离去,反而更加清晰强烈,这个要命的感觉占领了我头脑,驱逐了其他想法,让我怎么也摆脱不了。

我忘了自己是怎么去的学校,只记得海盐中学的学生搬着他们的椅子来到操场的情景。学生按年级和班级分片坐下,我手里捏着批判稿,站在操场讲台的一侧,与另外三个拿着批判稿的人站在一起,他们三个说说笑笑,我心慌意乱,看着熙熙攘攘的学生乱糟糟入座,我知道上台的时间快到了,心里越来越紧张,身体开始僵硬。

公判大会的开始,是我们武原镇派出所的所长宣布的,四个五花大绑的犯人被六个民兵和两个解放军战士押上讲台,他们胸前挂着大纸牌,上面写着他们各自的名字和罪行。死刑犯只有一个,就是让我念批判稿的那个,两个背着步枪的解放军战士站在死刑犯身后,另外三个犯人后面站着手握标枪的民兵。

死刑犯是最后一个宣判,所以我是压轴的。前面三个犯人的批判稿是我们镇上其他单位的人念的,他们都是革命积极分子,他们嗓音洪亮,像是中央人民广播电台里出来的声音,铿锵有力地从高音喇叭里喷射出来,嗞嗞的电流声伴随他们的声音。他们说了什么我一个字也没有听进去,我正在担心害怕的煎熬里试图咸鱼翻身。

如果让我第一个念批判稿,或许能够完成,中间会出现几处停顿,我相信自己能克服过去。偏偏我是最后一个,前面三个的批判稿写得冗长,他们的声音像是吃坏了拉肚子那样没完没了。我在紧张里待得越久,就越紧张,我仿佛踩上了紧张的西瓜皮,滑过去摔一跤,滑过来摔一跤。感觉过去了很长时间,他们三个才念完批判稿,他们的声音没有了，嗞嗞的电流声还在响。

我的身体不是哆嗦,是僵硬地走上台,我似乎不是走过去的,是把自己搬到麦克风前。如果可能,我肯定逃之夭夭,可是我没有勇气也没有力气逃跑,我懵懵懂懂无依无靠站在那里,心里喊了三遍毛主席万岁,指望毛主席保佑我顺利念出第一句,再顺利念出第一段,这样我有希望顺利念完批判稿。

我站在麦克风前不出声的时间有点长,台下的人不知道我葫芦里卖的什么药,他们寂静无声看着我。要命的是我往台下看了一眼,不看还好,这一看,看到他们的目光整齐划一地射向我,我听到自己念出批判稿第一句的声音颤抖。第一句出现一个停顿,第二句出现几个停顿,这是唱歌的趋势,我听到下面有吡吡的笑声;第一段也就两百多字,我卡住了三次,这是唱歌的调子,下面的笑声响亮起来。

我知道自己完蛋了,停顿卡住的频率越来越高,我自己听到的不是说话声,是有一搭没一搭的歌声,极其难听的歌声,结结巴巴地响起。台下的笑声浪涛似的起伏,我无助地向下面看了看,看到不少人笑得站起来,又捧着肚子弯下去。老师们也都站起来了,他们摆着双手,正在制止学生的笑声,可是老师们也在笑。

我在公判大会上用不着调的歌声念完了批判稿,时间比预定的长了两倍,在浪涛似的哄笑声里走下台,竟然感觉解脱了,死猪不怕开水烫的那种解脱。班上的几个男同学哈哈笑着向我走过来,我看着他们也笑起来,反正已经这样了,还能怎么样。

此后的几天里,女同学看到我就会捂住嘴笑着走开,男同学们围着我,拍着我的肩膀笑,说他们很久没有过这么高兴,他们告诉我,台上那个死刑犯也是笑得浑身抖动。有一个同学补充说,死刑犯身上绑着的绳子都笑得抖开了,绳子一头掉到了地上。我不知道他说的是真是假,这可是用绳子套住脖子绕到背后反剪双臂的五花大绑。

我不知道这是成长里的至暗时刻还是高光时刻,后来每次的回想都会定格在死刑犯笑得浑身抖动的情景里,我给一个行将结束生命的人带去了最后的快乐。

中学时期公判大会上名噪一时的表现让我达到了口吃的巅峰,之后不断回落,有高峰必然会有低谷,我开始进入了漫长的口吃低谷期,说话会有停顿,但是都能说完。三十多年前,莫言在《清醒的说梦者》一文里描述我说话"期期艾艾",那时我二十九岁,我们两人住在鲁迅文学院的一个宿舍里,我正处于说话会有停顿的口吃低谷期。

后来因为国内国外很多的采访和演讲,我说话时越来越放松,似乎告别口吃了,或者说忘记自己的口吃,偶尔会出现停顿,也是越来越少,当某一个词汇卡住时,我会脱口而出另一个近义的词汇。可是写下这篇文章以后,不祥之兆降临了,我突然感受到一些紧张,担心这篇文章可能会召回我的口吃,让我重返结巴的高峰,因为我的鞋带从来没有松开过,一直是系紧的。

二〇二四年六月十一日

山谷微风

二月下旬，我和家人离开寒冷的北京，来到冬季时气候宜人的三亚，住在朋友提供的阿那亚二期公寓里。

阿那亚坐落在吉阳区的山谷里，地势狭长，绵延而上。傍晚时分，我们坐在公寓的阳台上，沐浴微风，眺望远处层峦叠嶂的山势，辽阔壮观，心旷神怡。心旷神怡不只是视觉的向往，还有微风徐徐吹来的惬意悠然。

七年前的冬季我们在三亚海棠湾住过一些日子，领略了什么是风急浪高，我们每天在海边的木栈道上行走，嚣张的海风吹得我一阵一阵地头痛，所以这次来三亚带上三顶帽子，心想当三顶帽子都被风吹走后，差不多是我们回北京的时候了。我的想法当然错了，这里的微风彬彬有礼，会让我把三顶帽子安然如故带回北京。

山谷微风柔和清新,亲切友好,来到身上仿佛是不间断的问候。初来这里时,我常去下沉式的Y酒店,要一杯咖啡,坐在西班牙餐厅的长桌旁,感受微风吹拂。敞开风格的建筑结构让微风有了细致的变化,我因此想到了一个词汇,这是莎士比亚派遣记忆的信使前来告诉我的。

莎士比亚本能地把风和自由组织进一个句子,在《暴风雨》中,普洛斯彼罗对爱丽儿说,"你将像山上的风一样自由。"在《特洛伊罗斯和克瑞西达》里,阿伽门农对埃涅阿斯说,"请你像风一样自由地说吧。"

就是自由,山谷微风来到通透的敞开式建筑里,依然自如进出,可是墙体的存在试图要规定它的进出,它的自由诉求因此表达出来了。我感受到了与公寓阳台上不一样的微风,阳台上的微风坦率直白,方向一致,扑面而来时毫不犹豫,西班牙餐厅里微风的方向并不总是一致,有些迟疑,有些暗示,有时候迎面而来,有时候在背后提醒,似乎要表达什么,又不知从何说起。

这是什么样的微风,我找不到准确的表述语句,只找到一连串的不是,不是杜甫"细草微风岸"的风,不是高骈"水晶帘动微风起"的风,冯延巳的"吹皱一池春水"是因为"风乍起",过于突然,也不是,更不是"风萧萧兮易水寒"里的风,山谷微风不是壮志凌云之风,不会去送别荆轲,它知道自己普通微小,所以低调,其低调有点像我少年时期在炎热夏天里寻找的穿堂风。

卷起来扛在肩上的草席,这是我少年时有关夏天的意象。那时候我们家搬到了海盐中学后面,不再与医院的太平间面对面了,我的午睡也从太平间凉爽窄小的水泥床转移到中学教学楼走廊通风的水泥地上。当时海盐中学的位置是现在的向阳小学,如今已是全新的建筑,但是这幢两层的旧式建筑完好保存下来,楼上楼下都是五个房间,当时上下各是四个教室一个教师办公室。一层走廊的两端没有门,中间有大门,空荡荡的大门,我中学的四年只见过门框没见过门,这应该是穿堂风乐意光顾的原因。

暑假的时候,我经常在午饭后光着上身,穿着拖鞋,卷起自己床上的草席,扛在肩上,走过池塘,走进海盐中学那幢教学楼的走廊,探寻穿堂风,从这头走到那头,既感受风向,也感受风力,然后选定一个和风习习的位置,铺开草席,席地而睡。可是穿堂风是自由主义的风,一会儿从这边过来,一会儿从那边过来,有时候风吹不断,有时候突然没风,像是风扇遭遇停电。

我少年时期夏天的午睡因此充满了缺陷,经常是躺下后还没睡着就没风了,就得起身卷起草席去找下一个风点,确定那里的风还会吹一会儿,再躺下去,可是马上又没风了。躺下,起身,再躺下,再起身,如此反复,睡意全无,这是穿堂风留给我的清晰记忆,在此后的日子里时常出现一下。

如今的穿堂风只剩下名字,它在炎热夏天里已经不受重视。凉风习习不再是从自然界长途跋涉而来,而是人工凉风了,从私人和公共建筑里的制冷空调里出来,在房间里在大厅里在建筑里旋转扩散。

我童年时享受过人工凉风,准确地说是手工凉风,那时候人们的家里没有电风扇,空调是闻所未闻,人们习惯在夏天的晚上坐在户外乘凉,人手一把蒲扇,一边给自己扇风一边与邻居聊天,童年的我假装认真听他们说话,站在扇过来的风这边,搭上一阵子顺风,这个大人手累了放下蒲扇,我就走到另一个仍在扇风的大人旁边,继续假装听他们说话,继续搭顺风,他们笑的时候我也跟着笑,其实我根本听不懂他们说的话。

这里的山谷微风不是当年海盐中学教学楼里的穿堂风,这里白天的上坡风和晚上的下坡风持续不断,这是山谷狭长地势给予的礼物,因此我坐在Y酒店负层的西班牙餐厅长桌旁时,感受的不是微风的离去和到来,而是微风的细致和变化,还有微风的不可知,我开始了无边的遐想。

多少豪杰壮举,不论是壮士一去不复还,还是壮士凯旋归来,只要进入历史的长河就会无足轻重,维吉尔说:"一丝微风勉强把他们的名字吹入我们耳中。"

二〇二四年四月九日

画上两块手表抽烟

卡斯特罗戴上两块劳力士手表抽雪茄的照片,是我见过的最牛照片之一。两块手表不是左右各戴一块,而是并排戴着,手指还夹着一根又粗又长的雪茄。想想卡斯特罗抬起的左手吧,两块劳力士一根大雪茄,酷毙了。

二〇一八年一月下旬,古巴书展期间的哈瓦那迎来热气腾腾的中国人,中国的出版社几乎都去人了,还有作家团,那几天里只要与雪茄有关的地方就有中国人,我也混迹其中。去卖雪茄的商店,已经挤满中国人,抽烟的不抽烟的都挤在里面,都要买几根带回去,那情景像是在北京的地铁里;去参观制作雪茄的工厂,前后都是中国出版团,一个接着一个,都想去看看那个传说——古巴雪茄是在美丽少女光滑大腿上卷出来的,传说当然没有见到,能见到的就不叫传说了，我们见到的是男男女女汗流浃背在工作桌上卷雪茄时的熟练动作。去参观晾晒烟叶的避光通风的大茅棚时，又见到中国人成群结队进进出出。看着一张张很大的烟叶上上下下层层叠叠挂在那里，感觉像是挂满了孩子们的衣服。导游告诉我们，烟叶需要漫长的风干、发酵、陈化过程，普通烟叶需要两三年，最好的需要十年，我心想这些烟叶要是放在讲究时间成本的中国，估计就是人工风干，人工发酵，人工陈化了，用大风扇吹，用大缸腌，用大灯烤，这样的话普通烟叶只需三周，最好的烟叶不过半年，就卷出来雪茄，夹在人们的手指间。

雪茄的气味浓郁强劲，这是纸烟望尘莫及的，如果用气味扩散程度来比较，纸烟是爆竹，雪茄是烟花。十年前，我和几个朋友旅行去帕劳，所住的酒店面朝一个不大的美丽海湾。晚上夜深人静，两个朋友坐在沙滩上聊天，我在海湾里游泳，我游出很远后，突然闻到雪茄的香气，在沙滩躺椅里的两个朋友抽起了雪茄。只是两根雪茄，点燃抽上后，香气竟然充满整个海湾。我吸着空气里雪茄的香气继续游，然后雪茄的香气让我往回游了，我要上岸，我也要来一根雪茄。

我抽烟的历史是上小学后开始，男孩的渴望就是长大，长大的标志就是抽烟，我手里夹着短短一截香烟屁股，神气活现地走来走去，这是童年留给我的突出记忆。

暑假的时候，我经常独自一人在弄堂里走过去走过来，只要看见一个大人抽着烟走来，我就走过去尾随其后，等着他把香烟屁股扔到地上。当时还没有过滤嘴香烟，当时毛主席抽的香烟都没有过滤嘴，所以香烟屁股对于我是再生资源。

我喜欢的是把没有熄灭的香烟屁股扔到地上走去的大人，我捡起来马上吸上一口，吐烟的瞬间觉得自己像是电影里的英雄人物，有时候学学电影里反面人物吐烟的样子，感觉也不错。我讨厌的是把香烟屁股扔到地上后踩上一脚的，圆圆的香烟屁股踩扁了，上面还有隐隐约约的鞋印，我捡起来拿回家，在桌子上小心翼翼捏圆了。我最讨厌的是踩上一脚后又碾压两下的，香烟屁股粉身碎骨，不是再生资源了。

供销社当时在我们家旁边，我在弄堂里跟踪抽烟走去的人，有一次跟到供销社，发现那里是香烟屁股的集中之地，在两层楼房的门口，在里面的走道上，一次可以捡到十多个香烟屁股,富裕起来的我不再满足只抽上两口,香烟屁股抽到第三口时往往烧到手指了,我要抽一支正规的香烟。

我见过几个节俭的老烟民,都是手指发黄牙齿发黑,一支烟没有抽完就接上另一支,他们左手夹着正在抽的烟,右手将一支新的香烟竖着轻轻在桌面上敲击,把里面的烟丝震紧了,上面震出来的口子可以接上正在抽的烟。谢天谢地这样节俭的老烟民并不多,我才能每天捡到香烟屁股。

我把捡到的香烟屁股拿回家,如法炮制,我比老烟民多一道工艺,先用剪刀剪去燃过的那头,再在桌面上轻轻敲击,一截一截接上去,接出一支完整的香烟。这是一支尼古丁含量和焦油含量全球第一的香烟,我手指夹着,走到供销社门口,看着延伸过去的弄堂,用火柴点燃这支屁股牌香烟,很跩地抽了起来。

那时候我的左右手腕上都画上手表。当时我们家里只有一只手表,瑞士英纳格,是我外公从自己手腕上取下来给我母亲的,后来我母亲觉得我父亲更需要,把英纳格给了我父亲,再后来我参加工作做牙医时,我父亲把英纳格从手腕上取下来给了我,他戴上崭新的上海牌手表。

上小学的时候,我们流行在手腕上用钢笔画上手表,同学之间互相帮着画,当同学的左手腕上都有一块墨水手表后,我为了表现自己的独特,让一个同学在我右手腕上也画上手表。这是学习《红岩》里的双枪老太婆,我的墨水手表也是左右开弓,其他同学很快仿效,墨水手表左右开弓在男同学那里蔚然成风,我左右两块墨水手表的独特性像蚊子一样短命。

我当时站在供销社门口不知道有个大人物叫卡斯特罗,更不知道卡斯特罗抽雪茄时左手腕上戴着两块手表,要是知道的话,我的第二块墨水手表不会画在右手腕上,而是继续画在左手腕上,像卡斯特罗那样,两块并排在一起,再抽着那支尼古丁和焦油含量劲爆的屁股牌香烟,同样酷毙了。

男孩的欲望只会向前不会后退,我不会一直满足于捡香烟屁股抽,也不会一直满足于抽手工接出来的屁股牌香烟,我想抽真正的香烟,从一条里拿出一盒,从一盒里拿出一支的香烟,我开始偷父亲的香烟,我哥哥也偷。

我哥哥偷了两次都被发现,结果可想而知,他才抽完偷来的香烟，他的屁股就被扫把抽打起来。这让我小心谨慎，迟迟没有下手。我父亲抽烟不多，每天两三支，有一次我看到父亲抽完烟以后，数起烟盒里剩下的，我就此知道为什么我哥哥偷去一支就会被他发现。我继续观察，发现我父亲只去数拆开的一盒香烟里还剩几支，从来不去数拆开的一条里还剩几盒。我决定干一票大的，偷了完整的一盒香烟，之后静静等待，一个星期过去了，十天过去了，二十天过去了，这期间我父亲每天抽烟，两次从拆开的一条里拿出两盒来，没有发现少了一盒，我知道安全了。

那时候我们住在医院里，一幢两层的宿舍楼，上下各有十来个房间，只有一个公用楼梯，我父母住在楼上，我和哥哥住在楼下。夜深人静之时，我感到安全了，轻声问睡在另一张床上的哥哥：想不想抽烟？他立刻坐起来，问我：你有烟？我点点头。他又问：哪儿来的？我指指楼上：偷来的。

我从枕套里取出完整一盒香烟时，我哥哥脸上的表情无法讲述，电影里看不到，话剧里也看不到。

二〇二四年四月七日

小玛德莱娜点心

马塞尔·普鲁斯特《追忆逝水年华》中文全译本是一九八九年到一九九一年分卷出版,在此之前我读过了其中两个篇章,"斯万的爱情"和"小玛德莱娜点心"。我忘记了是在《世界文学》,还是在《外国文艺》读到的,只记得当初读完这两个篇章后的惊讶,文学里还有如此风格的小说,缓慢入睡和缓慢醒来般的小说。那时候我还年轻,面对接踵而至的文学风格会时常惊叫,同时意识到文学是光怪陆离的。

普鲁斯特关于小玛德莱娜点心的描写,让当时的我馋涎欲滴又想入非非。普鲁斯特在描写这个点心时是否也馋涎欲滴,我不知道。作家和作家是不一样的,有些作家会流着口水描写食物的美味,有些作家则是打着饱嗝描写美味。想入非非应该是确定的,普鲁斯特就是用想入非非的方式写下"小玛德莱娜点心"。刚入口时"浑身一震","舒坦的快感传遍全身,我感到超尘脱俗",之后感慨起了人生,"我只觉得人生一世,荣辱得失都清淡如水,背时遭劫亦无甚大碍,所谓人生短促,不过是一时幻觉",感慨之后开始追寻这"强烈的快感"从何而来,"我"的精神开始升华,美味似乎可以看见,"一定是形象,一定是视觉的回忆,它同味觉联系在一起,试图随味觉而来到我的面前"。视觉的回忆让"我"意识到这"点心的滋味"不是第一次来到,小时候曾经来过,是姨妈给"我"吃的,这个章节结束时通过姨妈带出了贡布雷温馨美丽的街景,这是普鲁斯特对童年记忆的描述,此刻的贡布雷,在读者的感受里与舒曼的《童年情景》一样美丽动人。

一九九五年五月,我第一次出国去了法国,参加圣马洛国际文学节。在圣马洛期间,每次活动开始时,不同的主持人介绍我的时候都会说同样的话:"这位中国作家第一次出国就选择我们法国。"读者们给予我热情的掌声,他们和主持人一样认为我是因为喜爱法国,所以第一次出国来到法国。我在掌声里起身,拿起话筒,讲起了法国文学对我的影响,讲到蒙田、巴尔扎克、司汤达、福楼拜、普鲁斯特、纪德、加缪和法国新小说，然后顺水推舟地说这是我第一次出国选择法国的理由。毫无疑问，我又听到热情的掌声。我知道自己是在扯淡，第一次出国不是我选择法国，是法国圣马洛选择我。那时候任何一个国家邀请我，我都会像赛马那样奔跑过去。圣马洛国际文学节为了省钱，给我买的机票不是直飞，是北京飞香港，再在香港转机飞巴黎，我仍然兴高采烈。那时候只要有出国旅行的机会，别说是绕道的经济舱机票，就是让我坐拖拉机去，我也会郑重考虑。

圣马洛国际文学节后，我在巴黎玩了十多天，还去了法国的北方和南方。在巴黎的时候，我向定居在那里的一位中国朋友提出来尝尝小玛德莱娜点心，那位中国朋友嘲笑我这是附庸风雅，我第一次法国之行因此没有品尝小玛德莱娜点心。

接下去那位嘲笑我的中国朋友与我一起附庸风雅了一回，我们在诺曼底旅行时，去了普鲁斯特生前常住的酒店房间。我忘记了酒店的名字，只记得这家酒店的屋顶是武士头盔的形状，站在远处看过去，感觉酒店威风凛凛。

那位朋友指着酒店告诉我，普鲁斯特在那里有一个房间，在那里写《追忆逝水年华》，我们可以去碰碰运气，看看那个房间是不是空着，如果空着就可以参观。

朋友说他去过几次，普鲁斯特的房间都有客人住着，他一直没有机会进入房间参观。普鲁斯特的房间是那家酒店最受欢迎的房间，很少有空着的时候。

我们午饭后走进酒店大堂，走到前台，朋友询问普鲁斯特的房间是否可以参观。我们运气不错，这个房间刚刚退房，新的客人要在下午三点后来办理入住。前台经理请一位服务员带我们去参观普鲁斯特的房间，我们走进电梯后，服务员彬彬有礼地向我们道歉，说客人刚退房，还没有打扫，房间比较乱。电梯上升的时候，服务员微笑地说，我们可以把凌乱的房间理解成普鲁斯特刚起床，去海边散步。我们对服务员的话表示感谢，说我们同意他的说法，参观普鲁斯特刚起床离开的房间比参观普鲁斯特还没有入住的房间更有意思。

进入普鲁斯特的房间后，我的第一个感觉是房间小，一张不宽的床和一张不大的书桌，床上的被子拥挤成不规则的长条形状。我们在房间里站了一会儿，服务员示意我们看看卫生间，卫生间让我吃了一惊，我没有想到会那么大，比房间大，一条浴巾挂在浴缸上，服务员指着浴巾说，普鲁斯特擦干身体后随手一甩。

一九九五年的时候，中国的经济增长刚刚驶入快车道，我们还没有现在的见多识广。我对卫生间比房间大感到不可思议，难道普鲁斯特待在卫生间的时间比待在房间多？答案当然是否定的，最终的理解是普鲁斯特属于贵族，贵族可能对卫生间十分讲究。

然后我忘掉了小玛德莱娜点心，后来我多次去巴黎都没有想起来这个点心。直到有一次和一位法国汉学家在巴黎街上行走，无意间走过小玛德莱娜点心店，那位汉学家站住脚，问我是否知道普鲁斯特写下的小玛德莱娜点心，我说当然知道，她转过身去，指着刚才走过的点心店说，这里就有。

我们走了进去，里面有十多个客人正在品尝小玛德莱娜点心，空间不大，所以显得有些拥挤。我品尝小玛德莱娜点心，扇贝形的点心掰下一小块在茶水中浸过之后来到我嘴里，我第一个反应是蛋糕的味道，我继续把点心掰下一小块在茶水里浸一下放进嘴里，还是蛋糕的味道。店里其他客人的手上动作与我一样，都是小心翼翼掰下一块，在茶水里浸过后放进嘴里，普鲁斯特的描写是我们的品尝说明书。我手里的点心剩下最后一小块时，没再去茶水里浸一下，直接放进嘴里，我觉得是很甜的蛋糕。

我的小玛德莱娜点心品尝过程平淡无奇，没有"浑身一震"，没有因此感慨起人生，没有见到味道是有形象的。但是我的记忆带来联想，想到我第一次吃到蛋糕时惊险又美好的情景。

我们这一代是在物质极其匮乏的年代里成长起来的，当我们开始回想小时候最为美好的情景时，无一例外都是吃到什么好吃的。这个与家庭经济条件和家庭社会地位无关，我问过当时的高级官员的子女，也问过当时的贫穷人家的子女，他们对小时候美好时刻的记忆都是吃到了好吃的，有所不同的是这个"好吃的"有所不同。

我自己对吃的回想有两个方向，一个是馋，一个是挑食。看起来是对立的，其实也是统一的，正是因为挑食，馋就高度集中了。

我小时候的馋在那个共同馋的年代里也是出类拔萃，我的父母和哥哥深知这一点。有一次我哥哥去买肥皂，回来时在弄口远远看见正在玩耍的我，马上把肥皂放到嘴边，做出一副吃的样子。我见了狂奔过去，他哈哈大笑，为自己骗术成功而得意，伸手过来让我看清是肥皂。他想看到我极度失望的表情，可是他看到的是我不依不饶的表情，这是馋对我不依不饶。我坚信他刚才正在吃什么，肥皂只是幌子，他把衣服裤子的口袋都翻出来给我看，又张大空荡荡的嘴巴让我看，我仍然纠缠他，结果就是我们两个在回家路上大打出手，我不是他的对手是另一个结果。

这只是馋的前奏曲，馋的咏叹调是我把面粉想象成奶粉。冬天的时候，小学放寒假，我独自坐在家里盯着一小袋白色的面粉，富强粉，是我父亲包饺子剩下的。我长时间盯着面粉，身体一动不动，面粉在我凝视里成为了奶粉，我想象起奶粉的香甜，味觉因此唤醒，奶粉在我嘴里流淌的滋味在我想象里扩散，错觉因此产生，我觉得眼前的面粉泡出来应该就是奶粉的味道。

我没有像普鲁斯特那样从味觉联想到人生，那个时刻人生关我屁事，我只关心奶粉的味道，我的想象一刻也没有离开味觉，我把面粉想象得比奶粉还要香甜，想象充满了我的味觉。

如果我一直这么想象下去，我的身心都会沉浸到香甜之中。可是我错误地离开了凳子，把面粉倒进一只碗中，用热水瓶里的开水泡面粉，我用筷子搅拌的时候已经感觉不妙，我没有闻到想象中的奶粉香味，闻到的是生面粉的气味。我喝了一口，就是生面粉的味道，干涩寡淡，我咽了下去，奶粉的香甜那时在想象里已是无影无踪。我不甘心，又喝了一口，比之前的第一口还要难吃，感觉生面粉像是水泥似的堵住了我的食管，无法下咽。想象欺骗了我，我只能回到现实，我忘记自己当初是什么样的落魄，童年记忆告诉我，我沮丧之时就会打开屋门走出去，我想我应该是索然无趣地走进冬天的冷风。

我的挑食与我的馋一样出类拔萃，小时候我只吃蔬菜和鸡蛋，不碰鱼肉。记得小学时有个同学午饭后来学校时手里拿着一只螃蟹腿，一边吃蟹腿肉一边舔手指上的汁走过来，那股子气味让我一阵恶心，胃里开始翻腾，我赶紧躲开。

我父母都是医生，我们家庭的经济条件在县城里还算不错，仍然是精打细算过日子，一年里能吃到一个苹果对我来说已是喜出望外。

我有一个同学，他们家每个月领到工资后，鸡鸭鱼肉吃上五天，然后咸菜米饭度过后面的二十多天，其他同学都羡慕这个同学的家庭，那时候鸡鸭鱼肉能够连吃五天的家庭简直是天方夜谭，虽然接下去的二十多天只有咸菜，可是有盼头，熬过这个咸菜期又是鸡鸭鱼肉的享受期。我可能是唯一不羡慕这个同学的家庭吃法的人，因为我对鸡鸭鱼肉没有兴趣。

我上中学以后开始吃一点肉，也能吃一点虾。虾是我自己去河边捕捞上来的，我当时热衷钓鱼，经常成绩斐然，而且学会杀鱼和做鱼，两种做法，清蒸和红烧，可我还是不吃鱼，直到参加工作后偶尔吃上一两口。我儿子上小学时喜欢吃我做的鱼，他几次问我：你会做鱼，为什么不吃鱼？

我的挑食在鲁迅文学院两年半的学习期间彻底改变，当时鲁院的饭菜太难吃。我们在鲁院的时候，吴亮和许子东来过一次，我们一起在食堂吃了饭。之后吴亮对几个朋友说：鲁迅文学院培养不了作家，那里的饭菜会把脑子吃坏。

差不多三十年前，有个朋友为孩子的挑食苦恼，我给他的建议是把孩子送到鲁院去吃两年，保证不再挑食。我不知道现在鲁院的饭菜怎么样，当时让我们吃得忍无可忍，为此鲁院领导组织学生代表和负责后勤的总务处对话，一个同学怀疑食堂可能有贪污行为，总务处的人腾地站起来，愤怒地指着这个同学的鼻子，要他说话负责。

我们与食堂的斗争没有进行下去，我们毕业走人，后来的同学继续斗争。他们比我们敢于斗争，善于斗争，步调一致地罢吃，终于把盘踞食堂十多年的厨师班子赶走，迎来新的厨师班子。可是没过多久，他们开始酝酿第二次罢吃，要把新来的厨师班子赶走，请回之前被赶走的厨师班子。

我第一次吃到蛋糕，或者说中国的玛德莱娜点心，是上初中的时候，"文革"后期，我们县食品厂开始生产蛋糕。我和另外两个同学先是心向往之，后是行必能至。其中一个同学的母亲在食品厂工作，这让我们可以进入食品厂，门房拦住我们，这个同学理直气壮地说出他母亲的名字，门房就会让我们进去。

食品厂在贯穿县城的小河旁边，我们三个进去以后坐在水泥栏杆上，看着负责仓库的人一次一次推着推车，把车间里烤好的蛋糕运进仓库。蛋糕一层一层整齐地堆放在推车上，方方正正，比小玛德莱娜点心大多了，像跳棋的棋盘那么大。

我们三个坐在河边的栏杆上，假装聊天，东拼西凑说些废话，其实虎视眈眈，伺机攫取。可是一直没有机会，那个负责仓库的工人每次出来时都把大门锁上，有一次看到我们三个坐在栏杆上，怀疑地看了看我们，放下推车，回去检查大门是不是锁好，确定锁好，才推车去车间，蛋糕运回来后再打开仓库门锁。

我们三个闻着蛋糕时来时去的香味，这是风向的原因，风有时候是我们的朋友，有时候不是。风从蛋糕上吹过来时，我们无限想象蛋糕的美味，口水在嘴里横冲直撞。我们聚精会神看着蛋糕进入仓库，大门关上，三个人的目光无奈地留在外面。

蛋糕在我们眼皮底下经过，我们吃不着，可是看得见，同时指望风往我们这里吹，这样我们可以闻到蛋糕的香甜美妙的气味,这是很好的安慰。虽然没吃着,可是看到了,最重要的是闻到了。

我们一次又一次看着蛋糕经过,闻着蛋糕来过,吞下去自己的口水。当我们不再心存幻想,满足于视觉和嗅觉的宴请时,机会突然降临。负责仓库的工人刚把大门打开,把装满蛋糕的推车推进去,有人喊叫他的名字,他从仓库里出来,绕过去与那人说话。机不可失,时不再来,我们三个像三支箭射过去那样跑了过去,跑进仓库,从推车上捧起一个蛋糕,一个大大的玛德莱娜点心,然后像回头箭那样跑回河边,顺着台阶跑到下面,三个人捧着一个蛋糕狂吃起来。河水在我们脚边荡漾,吃相可以在《动物世界》里看到。

当时的味觉是无比的香甜,可是吃得太快,只是比囫囵吞枣慢一点,尽管如此,我们真切地尝到蛋糕的滋味,这是从未有过的滋味。虽然我们没有像普鲁斯特品尝小玛德莱娜点心那样,优雅地"浑身一震",优雅地想到了人生,优雅地看见味道是有形象的,可是我们在狂吃大玛德莱娜点心时,不是品尝,是狂吃,我们得到了实实在在的好吃,从未有过的好吃的味道。

我们小时候最好的滋味只有一个——甜，这个甜的直接来源是糖果，硬糖和软糖。当时的硬糖只有甜，没有现在那么多种类的口味和香味，软糖最好的是两种，山东的高粱糖和上海的大白兔奶糖，高粱糖又软又粘，大白兔奶糖充满了奶香。我们海盐食品店里没有这两种软糖，都是有人带过来的。上海离海盐一百公里，有人去上海探亲，或者有上海亲友过来，会带来大白兔奶糖。高粱糖也是如此，当时海盐的干部大多是南下的山东人，我父亲就是山东人，他们去山东探亲，回来时带来花生和高粱糖。虽然那时候物质匮乏，可是人们乐于分享，探亲回来后送给邻居或者同事的孩子几颗糖果一把花生。我上小学时没有吃过这两种软糖，上中学后吃过高粱糖，一次或者两次，大白兔奶糖吃过几次。

我第一次闻到大白兔奶糖香味的时候还是小学一年级，也可能是二年级，我们几个同学在城头上游玩，这城头不是城墙，是土坡，过去是城墙。我们在土坡上跑来跑去，一个二十来岁的年轻人走过来站在那里，我们也站住脚，因为他吃起了大白兔奶糖。我们看着他吃,他吃完一颗从裤子口袋里又摸出一颗,剥去糖纸后放进嘴里。他吃第二颗奶糖时,我们发出惊叹声,他竟然有两颗大白兔奶糖。没想到之后他从口袋里摸出一颗又一颗,吃个不停。我们闻到他嘴里出来的奶糖香气,他吃了有二十来颗奶糖,他的眼睛一直看着远处。看着他口袋里的奶糖没完没了,我们可怜巴巴地求他能不能给我们吃一颗,他听了看都没看我们一眼,继续保持自己的节奏,从口袋里摸出奶糖、剥去糖纸、送进嘴里。他把剥去的糖纸放进另一侧的裤子口袋,如果他丢在草地上,我们吃不到奶糖还能捡起糖纸闻一闻舔一舔,他连这个施舍都不给予。我们眼巴巴地看着他吃完口袋里所有的奶糖,看着他大步走去。虽然他吃了那么多的奶糖,可是我们觉得他的背影没有意思,看不出吃过那么多奶糖。

现在我回想时,明白了他为什么来到城头,站在那里一口气把所有的大白兔奶糖吃光。他是要躲开亲友熟人,独自享用。我们虽然没有尝到奶糖,可是我们目睹一个人连吃二十来颗大白兔奶糖的壮观。

后来的一些日子里,我们见人就说,我们向同学们讲述时嘴里感叹声不断,口水也不会安静。我们没有吃到甚至也没有在糖纸上舔过，但是我们亲眼见到了，比起没有见到的同学，我们觉得自己还是高出一截。

我上小学时有过一次饱吃糖果的经历。我的欢乐建立在我哥哥的痛苦上，那时候他上初中，在海盐中学的操场上，他无辜的脑袋被一颗手榴弹砸中，不是战场上的手榴弹，是体育运动时扔的手榴弹，不会爆炸的手榴弹。

当时海盐中学的操场上时常有人在练习扔手榴弹，也不管操场上有人走来走去，有人站着聊天，当然走动的和站着的人都会时刻抬头看看手榴弹的飞行轨迹。我哥哥那时候和一个同学站在操场边上聊天，一颗手榴弹飞过来，我哥哥和同学不知道，他们两个背对手榴弹，旁边的同学看见了，喊叫着让他们躲开，如果旁边的人不喊叫，手榴弹不会砸中我哥哥，听到喊叫声，我哥哥和同学回头一看，手榴弹正飞过来，两个人赶紧跑开去，我哥哥命中注定跑在手榴弹下落的轨迹里，手榴弹砸中他的脑袋，他倒在地上。

我见到他的时候他已经躺在医院里，头上缠满白色纱布，只露出眼睛鼻子嘴巴，过一会儿就会呕吐一次。第二天停止呕吐,开始长时间昏睡。我父母忙于医院的工作,让我坐在床边陪护,关照我一旦发现情况不好赶紧去叫他们。

那个扔手榴弹砸中我哥哥的学生和他母亲一起来病房看望,他母亲对我母亲说了不少道歉的话,临走时留下一袋子的硬糖,我的幸福时刻来到了。他们一走,我一颗接着一颗吃着硬糖,不停地吃了十多颗,我哥哥醒来后眼睛看着我。我看出他眼睛里的怒气,我继续吃着,要是平时他会挥拳揍得我鼻青脸肿,那时候他无能为力。我母亲过来看他时,他使出全身的力气对母亲说,不要我陪他,我会把他的糖吃光。

十多年前,我们一家人在杭州西溪湿地公园游玩的时候,在河渚街见到不少过去的小吃和点心,我和陈虹指着这个和那个,告诉儿子,这是我们小时候爱吃的,这些叫土特产品。我儿子回想他的童年,没有土特产品,只有奥利奥。

我的童年虽然满是土特产品,可是吃到的机会不多。我们在西溪湿地公园里买了三个豆沙青团,人手一个一边走一边吃着,我儿子说青团味道不错,我觉得与童年的味道有差异,不过还能吃。

我给他们讲述一个小学时候的故事,清明节前后的青团故事,一个农村的同学放学后带我去他家,说他家灶台的锅里有青团,那时候的我是哪里有吃的就往哪里去,哪怕是深入虎穴,也是在所不辞。

虽然路途并不远,对于两个上小学的孩子来说还是有点长途跋涉的意思,我感觉走了很长的路,终于来到同学的家,他家的门敞开着,那时候农民家的门都不上锁,可能是没有什么可偷的,那时候农村好像没有小偷,城里有小偷,也很少。

我们进去后直奔灶台,我托着他爬上灶台,他用力推开又大又沉的木制锅盖,在我满心欢喜等着他递给我青团时,我得到的是三个字,没有了。他从灶台滑下来,我心有不甘地问,你不是说还有两个青团?他说,我中午去上学时还有两个,现在没有了。我问他,谁吃掉的?他说,不知道。

他说去别人家里看看,别人家里肯定还有,我振作起来,跟着他走进另外的人家,连着走进去三户,连着三次把他托到灶台上,连着三次听到三个字:没有了。在我万分沮丧时,他安慰我,明年早点来,早点来肯定有。我咽下自己的口水，无可奈何，只能期望明年的清明节早点来到。

我讲完这个故事时看见江米条，有着阳光颜色的江米条是我童年美好时刻的象征，江米条在我吃的记忆里，地位高于硬糖，与大白兔奶糖和高粱糖平起平坐，又甜又脆又香，小时候的我吃过一次就会见人就说，能说上十天半月，希望认识和不认识的人都知道我吃过江米条。

我在河渚街买了一袋江米条，一根接着一根吃起来。我与陈虹和儿子分享，我儿子吃了一根，说不好吃。陈虹一根没吃，说糖太多太甜，不想吃。我因此独占，把一袋江米条全吃下去。他们两个惊讶地看着我，这么平庸的沾满白糖的油炸面粉条竟然吃得津津有味。我说，这是为我童年吃的。

我经常为自己的童年而吃。如果我出差在宾馆吃早餐的话（这样的时候不多，现在我生活中的第一餐往往是从中午开始的），我会来一碗白粥，拿几截油条，现在宾馆的油条也就比手指长一点，已经不能用上"条"的量词。我找一个空碗倒上酱油，油条蘸酱油吃着白粥，这就是为我的童年在吃。

小时候我们家的早饭（那时的生活里没有早餐这个词汇）是开水泡隔夜冷饭，下饭的是咸菜，我们海盐特有的水花菜，用田间地头蔬菜里长出来的长茎腌制的咸菜，和盐一样咸，长长的两三根就能把一大碗泡饭糊弄到胃里去。长年累月这么吃，有时候改善早饭时，在水花菜里滴上几滴香油，更进一步的改善就是吃油条。

我和哥哥分吃一根油条，半根油条咸度无法对付一碗早晨的泡饭，酱油这时候出来提供帮助，蘸上酱油后，油条就往咸里发展，就能吃下那碗泡饭。

现在中国宾馆早餐是在比赛谁家的油条更难吃，尽管如此，我仍然乐此不疲地吃着油条蘸酱油，以此寻找童年时油条蘸酱油的蛛丝马迹的美味。

我的童年的闲食是瓜子。我父亲是当地名医，救治过很多农民，农民纯朴善良，来县城时会给我父亲送来一包南瓜子，是洗干净晒干后的南瓜子。我父母工作很忙，我哥哥指望不上，所以我上小学时就学会炒南瓜子。

馋的力量是无穷的，馋指引我给煤球炉生火，先把旧报纸放进炉子，上面放几根木条，点燃旧报纸，看到木条烧着了加进去煤球,拿着扇子对准炉子下面的风口轻轻扇动,煤球炉的火焰上来了,把锅放上去,再往锅里倒入南瓜子,不断翻炒,不断尝一下是否熟了,炒熟后把锅端开,用湿煤封上炉子。

我第一次炒南瓜子就获得成功,我父母和哥哥都说炒得好,缺点是太淡,那是我忘记放盐。这之后越来越熟练,从小学到高中,我们家的南瓜子都是我炒的,我在实践中懂得炒菜是后放盐,炒瓜子要先放盐,瓜子是干炒,没有油和水的稀释,所以先把盐扔进锅里,炒几下后,把瓜子倒进去,不停地炒动,直到炒熟。

瓜子在我缺吃少穿的成长里如影随形,从小学炒到高中,吃到高中,之后对瓜子再无兴趣。由此我确认一个事实,童年不能整体告别,可以局部告别,比如我的瓜子童年。

二〇二四年三月三十一日

我这些年最美好的梦

我这些年最美好的梦,就是梦见儿子小时候的情景。我在梦境里的存在只有视角,没有时间,儿子还是那么的小,这是过去的他。我是过去的我,还是现在的我?不得而知。我的年龄被忽略,地点也模糊,有环境,环境如同道具,瞬间变化,突然间我们父子从一个空间置身于另一个空间。有对话吗?应该有,可是醒来后总是无法还原。我只能静静地躺着,努力让思绪回归消散的梦境,去捕捉,与其说捕捉不如说打捞,在宽广的清醒里打捞点点滴滴的梦中情景。

然后我会告诉儿子,梦见小时候的你了。这个现在比我高出十多公分的儿子听后淡然一笑,仿佛是在表示我的情感贿赂无效,他不会回去,不会回到童年去。我去告诉陈虹,梦见我们小时候的儿子了,陈虹兴味盎然,她会仔细听我讲述梦中的情景。

儿子上初中的时候,我们经常在逐渐长高的儿子面前讲述他小时候的可爱,我们所讲的都是生动的事例,我们一边讲述一边沉浸在回忆里,儿子有时候饶有兴致地听我们讲述,有时候听几句就走开了。陈虹觉得儿子是不是有了另外的情绪,向他解释,我们讲述他小时候的可爱,并不是在贬低他的现在。儿子回答:"我怎么会嫉妒我自己。"

那时候儿子处在人生的第一个叛逆时期,几次把陈虹气哭了,我安慰陈虹,对她说:"将来你孙子会为你报仇。"

为了儿子上学,我们搬家到学校附近的一套复式公寓,楼下有一个房间,他要求住在楼下,理由是独自一人安静,我们以为他是为了学习,其实是为了玩游戏。如果和我们一起住在楼上,就没有楼梯这个预警系统,当楼梯发出响声时,他立刻知道父母正在下来,或者其中一个下来,他有时间把游戏机藏起来,做出一副正在学习的样子。有一天晚上我下楼找一本书,顺便推开他的房门看看,他熄灯已睡觉,盖着被子呼吸均匀,似乎已在梦乡里游荡。可是我看到他肚子上有东西透过被子一闪一闪发亮,我掀开他的被子，是游戏机在闪亮。这个晚上他应该玩游戏入迷，听到我下楼的声响时已经晚了，紧急把游戏机塞进被窝，手忙脚乱中将游戏机亮屏的一面朝上放着。

这只是小把戏，他另有得意之作。我坐在楼上的书房里，每隔一两个小时会听到他在楼下的喊叫："爸，我休息一下。"我答应一声："好的。"

我以为他是在学习，后来，几年以后他告诉我，他根本没有学习，一直在玩游戏，喊叫一声是让我以为他在学习，我能够想象当时的情景，他在游戏里全神贯注，仍然不忘定时抬头喊叫一声。为了蒙蔽我，为了不让楼梯的响声打断他的游戏进程，他玩上更高一级的生活游戏。

"欺骗父母是孩子的天性。"多年前我们几个朋友聚在一起，当时我们的孩子处于小学和初中阶段，我们都为孩子沉迷游戏苦恼，一个朋友讲起了孩子如何欺骗他，我说出了上面这句话，然后我们的话题离开了孩子，讲述起自己小时候如何欺骗父母。

孩子欺骗父母的技术进步是与科技同步的。我们小时候没有游戏机，手里有个弹弓就觉得可以去笑傲江湖。那时候也没有学习成绩的问题，很少有家长为孩子的学习操心,那个时代学习成绩好坏与今后的前程没有什么关系,高中毕业只有两条路,一是下乡插队,二是留城工作。所以我们小时候欺骗父母的方法与现在孩子的比起来是小打小闹,只是一些为了逃避家务或者为了吃上一点好吃的假装生病的小伎俩。我假装发烧时忘记父亲是医生,他的手掌往我额头上一贴后就会说:"干活去。"

我比较成功的是改动学习成绩单,虽然父亲对我和哥哥的学习不怎么在乎,我们的命运在他看来就是一个下乡一个留城,但是学习成绩单他还是要看的。当时的成绩单是老师手写的,60分以上是蓝色墨水写的,60分以下是红色墨水写的,有一次我得了一个50分,好像是化学,我用蓝色墨水钢笔把50分描成了80分,而且看不出原本的红底色,为了笔划粗细的一致,我把其他成绩也描粗了一点。父亲看过我的学习成绩单后中肯地说:"不算好,也不算差。"

我们对孩子沉迷游戏忧心忡忡,可是忘了这是我们作为父母的失职。我的几个朋友与我一样,外出办事或者家中来了客人,为了让孩子安静,不来打扰我们,就给他一个游戏机,让他沉浸到虚拟的进攻和防守之中。长此以往,孩子在游戏里越陷越深难以自拔,我们无论是循循善诱的教导还是暴跳如雷的责骂,对孩子来说都是一阵风,吹过就吹过了。只能指望另外的爱好出现,把孩子从游戏里慢慢拉出来,因为人的精力是有限的,这方面增加,那方面就会减少。

我儿子读高中时喜欢上电影,电影夺走的时间逐渐上升时,留在游戏里的时间也就下降了。有一天下午,他背着书包从学校回家,手里拿着一张VCD,对我和陈虹说:"给你们看一部好电影。"

我们问他什么电影,他说:"《第七封印》。"

我们说知道,是伯格曼的电影,早就看过了,他惊讶地说:"你们知道伯格曼?"

那一刻他忽略了父母是从事文学工作的,知道伯格曼很正常。我们告诉他,在他还没有出生时,我们就看了好几部伯格曼的电影,是在录像带上看的,因为录像带放过太多次数,我们看的时候,电视机的屏幕上不断闪现一道道亮痕。

然后轮到我们惊讶了,我们问他:"你是怎么知道伯格曼的?"

一个已经长大成人的儿子，在梦境里以童年的形象走过来，身体的摇晃是童年的摇晃，这样的奇妙情景在我这些年的梦境里出现过三次。梦醒之后我迅速回想，试图留下得多一点，可是梦的消散比烟的消散要快，快很多。

我感觉场景似曾相识，可是地点不详；我觉得我们说话了，可是没有内容；声音呢，好像有，也只是好像。这是虚无的真实感，就是这样的感觉也在快速消散，随梦飘去。我能够切实感到的是，自己的回想过程是被梦境抛弃的过程。被抛弃之后，真实感没有了，虚无感也没有了，只剩下一个干巴巴的记忆：童年的儿子刚才来过。

我能够弥补自己梦醒后的失落，就是去回忆小时候的儿子，他那时候的言行举止，无论是欢乐的还是心酸的，都是可爱的，这就是童年。记忆比梦境可靠，虽然有时候会篡改，但是不会消散，而且随着时间的流逝会增添生动的颜色。

童年的儿子有一次来到我梦境里，营造出一个模糊的情景：我推着自行车走去，他坐在后座上，似乎是我送他去幼儿园。可是我们没有走在当时住处所在的北太平路上,而是走在乡间田埂上,我童年记忆里的田埂上。醒来后我因此想起一个真实的往事,他第一天去幼儿园的情景。我推着自行车,他坐在后座上,陈虹走在一旁。我们走在北太平路上,我忘记那天是晴还是阴,肯定是早晨,我们往前走去,我和陈虹说着话,他在后座上一声不吭,我注意到他右手紧握成拳头,觉得他手里捏着什么。我问他手里是什么?他不回答,我站住脚,让陈虹扶住自行车,抓起他的右手,让他松开拳头,我想看看里面有什么。他听到我话以后拳头握得更紧了,我去掰开他的手指,他使劲抵抗,可是力不从心,我把他的手指一根一根掰开后,看到他手心里有一颗小石子。我把石子扔到地上后,推着自行车继续走去,他没有喊叫也没有哭闹,仍然是一声不吭坐在后座上。

后来我和陈虹回忆这个往事时总会感到难过,我不应该粗暴地掰开他的手指,扔掉他手里紧握的小石子,这是他心理上的自卫。当时三岁的他知道自己要去一个陌生的地方,那一天是他第一次走上自己的人生道路。他似乎预感将要离开熟悉的父母,去度过一段无依无靠的时间,手里紧握的小石子是他唯一的依靠,也是他敢于走上人生道路的勇气,我却把他的依靠夺过来扔掉,也把他的勇气夺过来扔掉。

幼儿园是他人生的第一个分水岭,他上幼儿园之前,我在深夜经常听到他来自睡梦深处的笑声,没有听到过哭声,上幼儿园之后,哭声开始从他的睡梦里出来了。

由此我想起另一个往事,自己的往事,这不是我的记忆,是我母亲的记忆,我在托儿所的第一天。

我的记忆对当时海盐的托儿所印象模糊,只记得走过漫长的路,来到一间很大的屋子里。屋子里有很多小朋友,他们是谁?我没有记忆。我只记得一个亲切的女老师,方老师,她是幼师毕业的。在过去那个时代,县城的托儿所很少有幼师毕业的老师,我们这些孩子很幸运,有一个知道如何对待和教育孩子的老师,所以我记住了方老师和方老师的亲切。后来我上小学,有几次在街上相遇,她都会叫出我的名字,然后说:"你长这么大了。"

我母亲告诉我,我第一天去托儿所,去的时候坐在一把小椅子里,晚上来接我的时候我还坐在那把小椅子里,方老师告诉她,我在那里坐了整整一天。母亲来接我，我坐在小椅子里怎么也不愿意站起来，因为我是戴着一顶草帽来托儿所的，草帽被方老师挂在墙上的钉子上，方老师不把草帽给我，我就不走。我也不说出来，态度坚决地坐在小椅子里，母亲伸手拉我，我不起身，母亲感到奇怪，不知道我为什么不愿意跟她走。这时方老师想起来了，说知道什么原因，是草帽。她把草帽从墙上拿下来戴在我头上，我马上起身，跟随母亲走出托儿所。

在后来的岁月里，我母亲几次说起我的这个往事，她说这个是为了告诉我，我小时候是多么的安静听话。很长的时间里，我也这么认为，现在我有了另外的答案。我第一天去托儿所，在同一把小椅子里坐了一天，而且一声不吭，傍晚时因为草帽还挂在墙上我坚持不起身，甚至没去看一眼草帽。我的无声不是安静听话，而是恐惧，这不是具体的恐惧，是抽象的恐惧，是来自精神深处的恐惧，这样的恐惧至今没有离去，始终伴随我，在我的过去、现在和将来里时隐时现。

二〇二四年三月六日

生气发怒的故事

我儿子不到一岁,大概十个月的时候,让我们见识了他的雷霆之怒。当时他还不会说话,外婆抱着他,他嘴里发出一连串的嗯嗯嗯,小手挥舞,不断指向自己的小嘴,看上去躁动不安。陈虹说他饿了,我就去给他冲泡奶粉,用热开水兑上冷开水,兑到温度刚好,倒入奶粉,搅拌均匀后,把奶瓶送到他手里。可能是我的动作从容不迫,与他渴望的速度有明显差距,他接过奶瓶狠狠摔到地上。我们三个一时间糊涂了,不知道如此急躁和生气的他想要的究竟是什么。他把奶瓶摔到地上后,低头俯身指着地上滚去的奶瓶又是一连串急躁的嗯嗯嗯,陈虹把奶瓶捡起来,递给他,他不是接过去,而是一把夺过奶瓶,迫不及待塞进嘴里,双手抱住奶瓶,贪婪疯狂地吮吸起来,这情景让我们觉得他恨不得把奶瓶也吃下去。我们同时笑了，他外婆说：好大的脾气啊。

我儿子在急不可耐要喝到奶粉的时候，依然先把他的生气表现出来，而且是以发怒的方式表现，然后再使劲吮吸。他不到一岁，已经懂得如何指责我们的怠慢，让我们知道他的怒气冲冲。由此可见，生气发怒是人的天性，是与生俱来的。

亚里士多德是一个经常生气发怒的人，他因此赞美发怒，认为发怒可以作为勇气和勇敢的武器。蒙田举例另外一些人反驳了亚里士多德的话，这些人指出生气发怒有可控与不可控两种情形。亚里士多德所说的"勇气和勇敢的武器"显然是在可控范围内，反驳者（我想也是经常生气发怒的人）认为生气发怒有时会越过可控的边界，因为："我们摆弄其他武器，而这个武器（生气发怒）摆弄我们，我们的手不指挥它，而是它指挥我们的手，它把我们握在手中，而不是我们把它握在手中。"

这话也有道理，一分为二地说，生气发怒是一种情绪，情绪爆发时确实是"它指挥我们的手"，爆发之后就是"我们把它握在手中"了。

二〇〇八年,《兄弟》在意大利出版时,意大利法布利克基金会通过费特利纳里出版社联系我,邀请我参加十月举办的费拉拉国际文化节。基金会给我提供往返的头等舱机票,这是我第一次有机会乘坐国际航班的头等舱。头等舱机票迷惑了我,让我喜滋滋的,疏忽了费拉拉的具体活动。

到了费拉拉才知道我将和一位从印度达兰萨拉来到意大利的喇嘛对话,这位喇嘛长期住在意大利,意大利媒体却称他是西藏喇嘛。

对话开始前,我和喇嘛走入大厅时,里面已经坐满听众,还有不少人站在两侧和后面,差不多有六七百人。意大利国家电视台的两台摄像机对准我们两个,让我们两人各自回答一个问题。他在右边,我在左边,他的问题是什么我不知道,我的问题是:你如何看待接下来进行的一位中国作家和一位西藏喇嘛的对话?

意大利国家电视台的记者给我挖了一个坑,我自然不会跳进去,我回答:"我们不会说中国和西藏,只会说北京和西藏、山东和西藏、浙江和西藏、四川和西藏……"

然后我和喇嘛坐在了主席台上,我们两个的中间坐着主持人,是意大利的一位著名记者。喇嘛始终微笑,我神情严肃。主持人问的第一个问题是关于生气发怒的,因为喇嘛一直保持微笑,她问喇嘛:"你不会生气发怒吗?"

喇嘛微笑地回答:"我从来不生气,从来不发怒,生气发怒既会伤害别人,又会伤害自己。"

台下的意大利听众听了他的回答,没有丝毫反应。主持人转过脸来问我:"你会生气发怒吗?"

我说:"我经常生气,经常发怒,只有这样,才能把糟糕的阴暗的情绪发泄出去,才能做一个身心健康的人。"

台下掌声雷动,看这情形,我说出了他们真实的生活状态。台下六百多个意大利听众,还有三十来个中国留学生,可能和我差不多,也是经常生气发怒。

二〇二四年六月十八日

到上海去

我们海盐距离上海一百公里,现在开车走高速公路一个多小时就到,想去上海的话,说走就走。

在我小时候,到上海去是一个遥远的梦想。我知道上海并不远,可是我的梦想很远。那个时候很少有出差,我听说的出差也就是去邻近的嘉兴、平湖、海宁这样的地方,偶尔听说有人去杭州出差,没有听说有人去上海出差,当时的工作出差局限于省内,去上海是出省,出了浙江省。

解放前,海盐有些人去了上海,去酱园打工的最多,也有的去了工厂和商店。我上小学和初中的时候,是他们开始退休的时候。经常有上海的卡车驶进我们县城,卡车上拉出一条横幅"光荣退休",中间站着一个笑眯眯的老人,光荣退休回家,他身旁几个上海年轻人使劲敲锣打鼓,敲打累了,他们放下锣鼓，说起了上海话。

常有海盐人家的上海亲戚过来，我会在街上听到有人说上海话，羡慕和自卑两种情绪同时出现，羡慕说话者是上海人，自卑自己不是上海人。

小学的时候，我们几个同学经常去一个上海退休回来的老人那里，他住在南门外乡下的一幢三间的平房里，有一个小院子，围墙和我们这些小学生的身高差不多，小木门从来是敞开的，院子里有一口井。

我们每次去的理由都是口渴，喝他家的井水。他每次都是热情接待我们，把木桶摔入井中，打上来一桶井水，倒在搪瓷杯里让我们挨个喝，我们喝完了，他用井水续杯，让我们继续喝。我们问他，为什么退休后不住在上海，回海盐住？他说海盐好。我们说海盐哪里有上海好。他说家乡最好。

他和我们说话时，只说海盐话，不说上海话。我们问他会不会说上海话？他用海盐话说，在上海工作了四十年，自然会说。我们问他几个关于上海的问题，恳请他用上海话回答，他还是用海盐话回答我们。我们在他那里听不到上海话，后来不去了。

我上初中时有一个同学，有些语言天赋，竟然会说上海话。我们不知道他是怎么学会的，他家在上海有亲戚，可是我们没见过他的上海亲戚来海盐，他也没去过上海。

后来有一次，我在街上看到他和一个上海人走过来，两个人像是亲戚那样说话，那个上海人几次纠正他的发音。

第二天我问他，昨天和你一起说话的上海人是不是你们家的亲戚？他摇摇头说不认识。我奇怪了，我说，你们说了那么多话。他点点头，得意地说，我和他说上海话。

这才知道他的上海话是在街上学来的，他是马路大学的工农兵大学生。他勤奋好学，见到街上出现上海人，就会主动上前去说上海话。他自我感觉上海话越来越流利，有时候对我们这些同学也说起上海话。我们脸上露出钦佩表情，私下说他是伪军。

我们上高中的时候，这个同学的上海亲戚来海盐玩几天，是他的一个表姐。我们几个去他家，坐下来，看着他与上海表姐你一言我一语说着上海话。两人说了一阵子后，他为了在我们面前显摆一下，问他表姐，他的上海话是不是很标准。他表姐的回答给他当头一棒,他表姐说:你说的上海话,海盐人听起来是上海话,上海人听起来是海盐话。

他挨了这一棒之后,从马路大学退学,不再说上海话了。有时候我们鼓动他说几句,我们说很久没有听到他说上海话,还很想念。他用海盐话说,在海盐不说,过些日子去上海再说上海话。

他的"过些日子"过了很久,还是没去上海,反而是我先去了上海。这是我的"十八岁出门远行",改革开放第一年,海盐人去上海出差的机会一下子多了起来,我的牙医生涯也是这一年开始的。

我拔牙的时候拔到一个卡车司机的牙。当时我们县里只有几辆卡车,几个卡车司机,刚好有一个撞到我的钳子上来。我给他牙龈两侧注射一针普鲁卡因,等待麻醉药起作用的时候,我们聊天,他说下个星期要去上海拉货,我立刻问能不能坐他的卡车去看看上海,他看到我的右手刚好拿起拔牙钳子,马上点头同意。他提出一个要求,到了上海,我要和他一起把货物搬到卡车上,我说没有问题。

那是一九七八年,我十八岁,请了一天的事假,坐上卡车前往上海。我没有坐进车头驾驶室,而是站在后面车斗里,因为站着那里视野好。我双手抓住车头上面的铁栏杆,卡车在破旧的公路上快速行驶时不停颠簸,我的身体在车斗里颠簸。我看着大海,大海消失后,我看着宽广的田野,田野上的池塘、房子、竹林络绎不绝,一条小河一直跟随我们的卡车,差不多半个小时后,小河拐弯去了别处,不再跟随我们。

风把我的头发吹乱,把我的衣服吹出啪啪的响声,把我的兴奋吹向远方的上海。我想看到外滩,看到南京路,看到大世界,看到国际饭店,这是我所知道的上海,上海还有什么我就不知道了。我站在车斗里看着远处,感觉上海越来越近,我觉得很快就能看到上海的高楼大厦。我不知道那时候的上海没有什么高楼大厦,最高的建筑就是国际饭店。在我想象中,上海应该是高楼大厦林立。

我们的卡车经过一个又一个小镇,一个很大的小镇出现了,卡车驶进一条小路,比我们海盐县城的街道窄一些的小路,在一个仓库大门口停下,司机和门卫说了几句话,递过去介绍信和提货单,门卫仔细看了看,打开大门。

卡车进去后停在一个库房前,司机从车头驾驶室里出来,抬头对我说:下来吧,到上海了。

我站在车上前后左右看了看,没有看到一幢高楼,觉得这个上海的房屋样子看上去和我们海盐差不多,我问司机:怎么没看见国际饭店?

司机说:这是上海外围,国际饭店在上海的中心。

我心有不甘,对司机说:国际饭店是很高的楼,我应该能看见。

司机说:上海很大,国际饭店离这里远着呢,你看不见的。

这就是我第一次到上海去。接下去我苦不堪言,拔司机牙齿的时候,我答应帮他搬货物,没想到货物是他妈的水泥。我们两个人先把一袋一袋水泥扛到向仓库借用的板车上,把板车拉到卡车后面,一个在下面扛上去,一个在上面接住,把一袋袋水泥整齐堆放进车斗。我们两个一起喘气,一起喊着哼唷哼唷的劳动号子。我从来没有这么劳累过,衣服、裤子、鞋子、头发、脸、手、脖子上都是水泥灰,司机与我一个模样。

搬完水泥,我们在一个水槽旁打开自来水龙头,清洗了脸、脖子和手,然后喝着自来水,吃着自带的馒头，吃完馒头回到卡车上。我没有兴致站在车斗里与水泥为伍，坐进车头驾驶室，腰酸背痛有气无力地靠在座椅上。司机也是疲惫不堪，可是卡车的发动机响起来后，他立刻精神起来。卡车开出仓库，驶上那条进来时的小路，司机扭头看看沮丧的我，说了一句鼓励的话：你到过上海了。

我到过上海了。回到海盐后，我的几个朋友，也就是高中时的几个同学，问我上海怎么样，我如实告诉他们：没意思。他们不理解，对我说：上海不会没意思。我说：就是没意思。他们又问：上海大不大？我说：很大。好奇心促使他们继续纠缠我，要我描述上海的样子。我说：上海就是很多小镇没有分开。

二〇二四年六月十九日

两个看电影的讲述

第一个是在十多年前,我住在杭州的时候,带两个外地来的朋友去西溪湿地游玩。我们在烟水渔庄吃过午饭,坐上摇橹船,在"水道如巷、河汊如网,鱼塘栉比、诸岛棋布"里摇摇晃晃,悠然前行。我们听着摇橹声和水波声,喝着小船上的绿茶,与船家说几句话,观赏河道两岸野趣盎然的景色。

然后在闲聊瞎扯里,我说起小时候看电影的情景。当时我们县城武原镇没有广场,海盐中学的操场相当于广场,大型活动都在那里举行,露天电影也在那里放映。

放映露天电影是镇上的节日,天还没黑,操场上已是人声鼎沸,摆满了方凳长凳,有的人下午就搬着凳子来操场占据位置。随着天色暗淡下来,人声逐渐掉落,天黑后放映机发出沙沙声,操场上立刻安静了，没有人声，只有电影里的人声。

银幕正面没有我们这些孩子的位置，我们坐在银幕反面看电影。《地雷战》和《地道战》是我们最喜欢的两部电影，因为坐在银幕反面，电影里的英雄人物都是左手开枪，左手扔手榴弹，喊口号也是高高举起左手。

我们因此迷上了左手。写字尝试用左手，立刻让老师纠正回去；吃饭尝试用左手拿筷子，在父母的呵斥里，筷子回到右手。打乒乓球左手握拍，这个老师父母管不着，可是屡屡输球，自己换回右手。有一次看到两个同学打架，他们是右手挥拳出击。我们在一旁着急，呼吁他们改用左手挥拳。他们改用左手挥拳对打时，还是习惯右腿踢脚，我们再次呼吁，请他们使用左手左腿进行拳打脚踢。

后来露天电影没有了，只能去电影院看。那时候我们镇上只有一家电影院，好像有八百个座位。电影院挨着河边是很高的墙体，靠近海盐中学那边有一个院子，围墙从电影院门口起始，绕到后面一排平房结束，电影院的厕所就在院子里。

围墙的破绽是在与那排平房相连处，那里有一个窗台。天黑后电影开始放映，我们几个搬来垫脚的砖头，爬到窗台上，从窗台爬到围墙上，趴在上面看看院子里有没有拿着手电巡逻的人，有没有从电影院里出来上厕所的观众。院子里空无一人的短暂时刻，是我们跳下围墙的最好时机。当时我们已是初中生，知道落地时小跳几下，这样不会崴脚，同时减轻对膝盖的冲击。

我们跳下围墙以监狱逃犯的速度冲向亮着灯的厕所，接着以人民警察的从容不迫从厕所里走出来，假装我们是看电影中间憋不住了，出来上一趟厕所。我们走进电影院时双手还在裤裆处摸索，做出一副正在系上裤裆纽扣的样子，然后分散开去找空座位坐下。

我在西溪湿地芦苇丛生的水道上，在摇橹船的摇晃里，向两个朋友讲完这个翻墙后急速冲进厕所，再慢悠悠出来，走进电影院坐下的故事，其中一个朋友对我们少年时期的这个行为给出一个准确的评价：洗钱。

第二个是前年十二月的时候，在首尔的韩国之家。这座古典韩式木造建筑群，专门用来向外国人介绍韩国的传统文化、艺术、饮食和生活，传统节目经常在这里表演，传统婚礼经常在这里举办。

我在这里接受 EBS 的采访，坐在一个空荡荡的大屋子里，主持人问了不少问题，有一个问题涉及到中国的民间活力。我告诉主持人，中国的民间充满了力量，给一个机会就有一次爆发，给两个机会就有两次爆发，如果给很多个机会就会有很多次爆发。为此我讲述了小时候看电影的两个故事。

第一个。"文革"时期，我们镇上的服装只有三种颜色，黑色、藏青色和军装，军装是当时的时装，家里有人参军，会省下一套寄回来，穿上军装的人因此神气活现。姑娘们发型都是两根辫子，用皮筋扎上，个个都像革命样板戏《红灯记》里的李铁梅。我小学班上的女同学也是皮筋扎上的两根辫子，那时候女孩们的身上没有色彩，阴天般的黯淡。

后来《白毛女》在我们镇上的电影院上映，被地主逼债逃进深山的杨白劳，偷偷回家看望女儿喜儿，唱出了当时让我们动容的歌曲："人家的姑娘有花戴，老汉我没钱不能买，扯上二尺红头绳，给我喜儿扎起来。"

《白毛女》放过之后，我们班上的女同学一个个去掉皮筋,改用红绳扎辫子。街上的姑娘们更会打扮自己,用上了不同颜色的头绳扎辫子,红黄青绿紫。虽然只是辫梢上出现了色彩,在我此刻的回忆里已是五彩缤纷。

第二个。当时电影院放映故事片之前,经常会放映一部新闻纪录片。我上初中的时候,江青在一部新闻纪录片里穿着裙子接见外宾。片子应该是夏天拍摄的,来到我们海盐时已是春节前。我坐在电影院里,听到一片"哇"的女声响起。

那时候的女性,春夏秋冬都是穿着长裤,裙子似乎灭绝了。她们在新闻纪录片里看到毛主席夫人江青穿上裙子时,齐声惊叹起来。

江青身穿裙子接见外宾的新闻纪录片放过后的这个夏天,我们镇上的姑娘几乎都穿上了裙子。素色的条纹裙子和素色的碎花裙子,我们的小镇因此美丽了。

二〇二四年六月十六日

第一个庄严的音符

我曾经在一篇文章里引用李斯特在《前奏曲》序言里的一段话:"我们的生活就是一连串对无知未来的序曲,第一个庄严的音符是死亡吗?每一天迷人的黎明都以爱为开端。"

二十五年后我重新审视这段话,发现我在其他场合引用时把后面两句颠倒了,成为了"每一天迷人的黎明都以爱为开端,第一个庄严的音符是死亡吗?"。

我觉得这是记忆故意为之,因为我一直是从叙事学角度阐释这段话,强调叙述里省略的意义。按照叙述的正常逻辑,"以爱为开端"与"第一个音符"之间,应该有一些过渡语句,可是没有,我们读到这里因此一震。我借机阐述什么是叙事学意义上省略的力量,就是李斯特这样,删除起点到终点的路途,让两个应该是遥遥相望的句子直接握手。现在我意识到,这是记忆的助攻，为了让我关于省略有时候会带来叙事冲击的论述站住脚，记忆为我重组了语句的次序。

这算是偷梁换柱吗？我不知道，如果是，不是我干的，是记忆干的。李斯特也干过偷梁换柱的事，这是一个传说。肖邦初到巴黎时默默无闻，李斯特已是声名显赫，当时音乐会演奏钢琴时会熄灭灯光，让观众在黑暗中全神贯注，沉浸在琴声里。演奏前李斯特端坐在钢琴前，灯光一熄灭，他起身悄悄走开，让肖邦过来坐下演奏。肖邦的演奏毫无疑问征服了台下观众，演奏结束灯光亮起，观众看到钢琴前坐着的不是李斯特，是肖邦，惊讶声四起。这个传说是否真实不必较真，历史上很多佳话都是后人为了消磨时间编写出来的，有一点可以确定，偷梁换柱这个成语并非只有一个意思，有时会有两个以上的意思。

让这两个句子回到原来的位置："第一个庄严的音符是死亡吗？每一天迷人的黎明都以爱为开端。"显然，叙事学意义上的省略在此缺席了。虽然这两个句子是以跳跃的节奏连接，语意上依然是递进的，"是死亡吗？"，这是询问，接下去"迷人的黎明"是确定句式，于是前面的询问句式给人感觉有点心不在焉，这段话的开始是"我们的生活就是一连串对无知未来的序曲"，进一步证实了"是死亡吗"不是所面临的，而是所指出的。

通俗的说法，这里的死亡，不是垂死之人面对的死亡，是生机勃勃的人"对无知未来的序曲"。相比之下，李斯特的另一部作品，单乐章的钢琴和乐队《死之舞》可能做到了接近死亡，或者说走到死亡身旁。乐曲开始时古罗马教皇格利高利"最后审判日"的圣歌曲调沉重有力，我们仿佛听到死神走来的脚步。当然，这是想象中的死神脚步。

我们读到的听到的死亡都是想象中的，所有死亡的情景都是活人告诉我们的，从未有一个死人走过来向我们描述死亡的真实面目。

李斯特的这首交响诗《前奏曲》确实是前奏曲，灵感来自拉马丁的诗句"人的一生是死亡的一系列前奏"。我读到了这样的评论："音乐从深沉的引子开始，逐渐展开，通过不同音乐主题和情感变化，描绘了人生的斗争、挫折和胜利。最终，音乐以高亢、辉煌的尾声结束，象征着死亡并非生命的终结，而是生命的一种升华和解脱。"我在这首死亡主题的《前奏曲》里没有感受到一丝死亡的气息，当然我不应该感受到死亡，这只是一首离死亡十分遥远的前奏曲，好比人的出生就预示了结局是死亡的遥远。我在这首预示性质的《前奏曲》里听到了一段迷人的舞曲旋律，之后又升华为进行曲的旋律，令我心之向往。

需要说明的是，我所说的"升华"是听觉给予情绪和情感的反应，纯属个人感受。不是上述评论里所说的"死亡并非生命的终结，而是生命的一种升华和解脱"里的"升华"，这个"升华"看上去冠冕堂皇，其实就是一句废话。

李斯特和拉马丁一样，前者在《前奏曲》里，后者在《诗的冥想》里，他们所要表达的只是艺术主题死亡，而非生命主题死亡。

罗兰·巴特在母亲去世后写下这样的话："我失去的不是一个形象，而是一个活生生的人。"罗兰·巴特表达的是生命死亡，苏轼的"十年生死两茫茫"表达的也是生命死亡，而且"千里孤坟，无处话凄凉"。

泰戈尔用死亡作为比喻："世界不会渗漏，因为死亡并不是一道裂纹。"唐寅表示洁身自好的"但愿老死花酒前，不愿鞠躬车马前"。泰戈尔和唐寅所说的是艺术死亡，即使是苏武悲切的"生当复来归，死当长相思"也是艺术死亡，他们表达出来的，都是前奏曲，与李斯特异曲同工的前奏曲。

可以说说我的前奏曲了，我的"第一个庄严的音符是死亡吗"？是的。死亡的音符第一次是以井的形象在梦中出现，悄然写入我童年的简谱。

我几次梦见自己掉入井中，淹死之时惊醒过来，胆战心惊之后继续入睡。我的掉入过程没有前奏曲，没有井边的场景，直接就是在井中坠落，奇怪的是没有水花，井水在梦中恍若空气般虚无，可是其情景是我深入了井水，即将淹死。

这应该是死亡恐惧最初进入我童年意识时的反应。我儿子两岁的时候，有一天早晨醒来时突然问我："爸爸，我能活多少年？"我说："一百年。"他哇哇哭起来，边哭边说："才一百年，这么短。"我马上改口："一千年。"他继续哭着说："才一千年，这么短。"我再次改口："一万年。"他停止哭泣，问我："一万年有多长？"我说："长到我算不过来。"他郑重其事地点点头，终于放心了。当时我的感觉是他的人生开始了，因为死亡恐惧已经来到，第一个庄严音符在他梦中已经谱写出来。我不知道他当时具体的梦中情景，应该与水无关，当时我们住在北太平路空政文工团里，院子里没有井，更没有池塘和河流，他唯一能够见到的水，就是自来水的水龙头拧开的时候。

我和他，虽然第一个庄严音符的位置是一样的，可是我们童年的简谱不一样。他那天的梦中情景对于我来说是一个无法揭开的谜底，对于他也是如此，我是不知道，他是不记得。

他长大后告诉过我，他小时候有过恐惧的梦，在地下室里找不到出口。这个应该是后来的梦境，不是他两岁时的梦中情景，不是上门拜访的第一个庄严的音符。他两岁的时候还在和外婆朝夕相处，外婆几乎每天带着他在空政文工团的院子里玩耍，他见到天空里的阳光、云彩和雨水，见到院子里的楼房和水泥路，见到树木花草，肯定没有见到地下室。他上幼儿园以后，外婆回去重庆巫山。以此推测，他出入地下室玩耍是上幼儿园以后的事。

我后来回想自己童年时掉入井中的噩梦，会去思忖为什么几次都是掉入井中，而不是掉入池塘和河水里，我似乎感觉到死亡的场景有它自己的喜好，它不会去选择宽广，而是去选择狭窄。在井中坠落的窒息感，是池塘和河流无法给予的。泰戈尔说"死亡并不是一道裂纹"，我感觉如果从死亡的喜好来说，死亡可能就是一道裂纹。

死亡的感觉如影随形，从童年开始，历经少年、青年、中年、老年，直到弥留之际。罗马时期的哲学家卢克莱修说过一句对于生命难舍难分的话："你知道吧，死亡不会让另一个你活下来，站在你的尸体前哭泣。"

我少年时听过一个故事，发生在我们县城里，一个与我年龄相仿的男孩，遭受父母不分青红皂白的打骂，显然这里有着很深的误解，男孩心里受到不可挽回的伤害，他决定离开这个世界。离开前不是用恨的方式，而是用爱的方式报复父母，社会上是这么说的。他把父母的衣服洗干净，晾到架在窗外的竹竿上，把家里打扫得干干净净，把父母的晚饭做好，给父母写下一封信，诉说了自己的委屈，结尾时还请父母原谅自己，然后用一根麻绳在房梁上自缢身亡。这个故事接下来的叙述属于男孩的父母，他的父母哭得死去活来，他们捶胸顿足，为自己之前打骂孩子的行为追悔莫及，接着他们两个互相指责，都把错怪孩子的责任推向对方，如果不是邻居拉住他们，他们很可能会互相伤害。

这个故事深深吸引了当时年少的我，让我在此后很长一段时间里想入非非。只要在家里遭受一丝委屈，我就开始想象自己仿效那个男孩的死去，我的父母在我的尸体前痛哭流涕的情景每次都让我泪流满面。

死亡想象没有刹车装置，无法停下来，又像鸦片那样会上瘾，它不断诱惑我，到头来在我没有丝毫委屈的时候也会来临，让我想象自己如何把父母的衣服洗干净，如何把家里打扫干净，如何给他们做好晚饭，如何写下那封感人肺腑的诀别信，如何在房梁上自缢身亡。

死亡想象长驱直入，速度越来越快之后，竟然出现孤独的场景，我父母的哭泣逐渐退后，只有我一个人看着我的尸体哭泣。

所以我要告诉卢克莱修，他不会听到我的声音，我还是要告诉他：我曾经在想象的死亡里，让另一个我活下来，站在我的尸体前哭泣。

二〇二四年五月三十日

童年情景

应该是《梦幻曲》指引我进入《童年情景》的，这是舒曼二十八岁时创作的钢琴套曲，十三首迷人的标题小曲勾起一个个不一样的童年，人们的童年情景因此回来，我的也回来了。

我的童年里没有木马游戏，我第一次见到木马是我儿子骑在上面，转了一圈又一圈，前后左右是其他孩子骑在高高低低的木马上，那是在北京石景山游乐场。尽管如此，旋律生动的《木马游戏》仍然让我想到自己拿着弹弓去偷袭树枝上叽叽喳喳的麻雀，这是我的童年游戏。没有一次成功，每次弹弓射出的石子，不是打中树干就是擦着树叶飞去，麻雀腾空飞散，逃之夭夭，我一次次用实际行动诠释了"惊弓之鸟"这个成语。有一次射偏后打碎一户人家的窗玻璃，轮到我逃之夭夭。那么多年过去后，《木马游戏》

里的琴键之声，让我的情绪转化成思绪，回到童年的玻璃破碎声中。

我的童年里也没有壁炉，我第一次见到壁炉是三十五岁首次出国在巴黎的一家餐厅里。我凝视壁炉里欢快跳跃的火焰，想到童年时煤球炉里烧红的煤球，火焰在煤球炉里没有欢快的样子，它不会跳跃，只会上升。然后我告诉坐在身旁的一位法国汉学家，在我童年的时候，火不用来取暖，只用来做饭烧水。我说浙江家乡的冬天十分寒冷，最冷时达到零下三度甚至四度，那时候屋子里没有暖气。雪天里我穿着单薄的球鞋去上学，放学回家时双脚已经麻木，我把穿着球鞋的双脚架在煤球炉的边沿，烤火取暖，让双脚重新获得存在感。几次烤火成功之后，因为大意，右脚球鞋的胶底烧着了，我跳起来踩灭火焰，烧焦的鞋底有了一个无法弥补的洞。那个冬天我失去了球鞋，靠一双棉鞋行走在雪中雨中，棉鞋浸湿后不再保暖，我的双脚在寒冷里增加了潮湿的感觉。《在壁炉旁》的旋律柔和安宁，家人围坐在壁炉旁轻声说话的安静情景清晰可见。在这个温暖的曲子里，我感受到的是相反方向的童年，一双寒冷孤独的脚走过来的童年。

我的童年里有《入眠》。《入眠》的节奏微微摇晃，摇篮似的摇晃，舒缓的旋律显示孩子逐渐入睡的过程。中间部分的转调让乐曲短暂地走向另一个方向，一个情绪不稳定的方向。正是转调的出现，让我回到自己童年的《入眠》。春天或者秋天的童年，尤其是夏天的童年，天还没有黑，鸟儿还在鸣叫，其他孩子还在奔跑嬉闹，我的父母却逼迫我上床睡觉，我心里充满委屈，羡慕还在外面玩耍的孩子。心怀不满是我的转调，转调结束后，我渐渐走入睡眠，越走越深。

《梦幻曲》是这组钢琴套曲的灵魂，所有美好的童年情景汇聚到了这首细腻动人和静谧甜美的乐曲里，这可能是舒曼流传最广的作品之一，它经常从《童年情景》里脱离出来，被艺术家们单独演奏，而且改编成各种乐器的独奏曲。我不知道第一次听到是什么时候什么地点，也不知道听过多少遍，当我知道这是舒曼《梦幻曲》的时候，我的第一反应是：原来它叫《梦幻曲》。

不知道什么原因，刚开始的时候，我听完这首梦幻般和弦的乐曲之后，记忆就会给我推送过来一个残酷的往事。我小学二年级的时候，一个同学的父亲自杀身亡，这个同学早晨背着书包来上学，站在操场的一个角落不停哭泣。我们正在打乒乓球，不是正规的乒乓球桌，只是一张放在操场边上的长桌子，桌面有几条裂缝，乒乓球落在裂缝上会出现不规律的变向。长桌中间放着一排砖头，充当球网，我们用的球拍没有胶皮。当时长桌两端各有十多个同学排队，输了一球的下去，赢球的继续打。我们一边打乒乓球，一边对着那个哭泣的同学喊叫，让他加入进来。在我们不断喊叫的邀请声里，他哭泣地走过来排队，轮到他打球的时候仍在哭泣，可是他手感不错，连赢两球。赢下第一个球他不再哭泣，赢下第二球他笑了，是笑出了声音的笑。

为什么舒曼优美的《梦幻曲》会在我这里勾起这个残酷往事，我想应该是这个往事结尾时的自然转折，这就是人生旅途上的梦幻曲。这个同学没有像我们那样放下书包，而是背着书包打球，并且连赢两球，他由衷的笑声在我记忆里响起时，每次都让我感慨生活的强大，生活能够在悲伤里剪辑出欢乐。

二〇二四年六月一日

医院里的童年

我童年的岁月在医院里。我的父亲是一位外科医生，母亲是内科医生。我没有见到过我的祖父和祖母，他们在我出生前就去世了，而我的外公和外婆则居住在另外的城市。在我的记忆里，外婆从来没有来过我们的县城，只有外公隔上一两年来看望我们一次。我们这一代人有一点比较类似，那就是父母都在忙于工作，而祖辈们则在家清闲着，于是他们理所当然地照看起了孩子，可是我没有这样的经历。对我来说，外公和外婆的存在，主要是每个月初父母领工资时，母亲都要父亲给外公他们寄一笔钱。这时候我才会提醒自己：我还有外公和外婆，他们住在绍兴。

与我的很多同龄人不一样，我和我哥哥没有拉着祖辈们的衣角成长，而是在医院里到处乱窜，于是我喜欢上了病区走廊上的来苏儿的气味，而且学会了用酒精棉球擦洗自己的手。我经常看到父亲手术服上沾满血迹地走过来,对我看上一眼,又匆匆走去,繁忙的工作都使他不愿意站住脚和我说上一两句话。这方面我母亲要好些,当我从她的内科门诊室前走过时,有时候她会叫住我,没有病人的时候我还可以在她身边坐上一会儿。

那时候我还没有上小学,我记得一座木桥将我父母工作的医院隔成两半,河的南岸是住院部,门诊部在河的北岸,医院的食堂和门诊在一起。夏天的傍晚,我父亲和他的同事们有时会坐在桥栏上聊天。那是一座有人走过来就会微微晃动的木桥,我看着父亲的身体也在晃动,这情景曾经让我胆战心惊,不过夏季时晚霞让河水泛红的景色至今令我难忘。我记得自己经常站在那里,双手抓住桥栏看着下面流动的河水,我在河水里看到了天空如何从明亮走向黑暗的历程。

我清楚地记得有一天我父亲上班时让我跟在他的身后,他在前面大步流星地走着,而我必须用跑步的速度才能跟上他。到了医院的门诊部,他借了医院里唯一的一辆自行车,让我坐在前面,他骑着自行车穿过木桥,在住院部转了一圈,又从木桥上回到了门诊部，将车送还以后，他就走进了手术室，而我继续着日复一日的在医院里的游荡生活。

这是我童年里为数不多的奢侈的享受，原因是有一次我吃惊地看到父亲骑着自行车出现在街上，我的哥哥就坐在后座上，这情景使我伤心欲绝，我感到自己被抛弃了，是被幸福抛弃。我不知道自己流出了多少眼泪，提出了多少次的请求，最后又不知道等待了多少日子，才终于获得那美好的时刻。当自行车从桥上的木板驶过去时，发出了嘎吱嘎吱的响声，这响声让我回味无穷，能让我从梦中笑醒。

在医院游荡的时候，我和我的哥哥经常在手术室外活动，因为那里有一块很大的空地，阳光灿烂的时候总是晾满了床单，我们喜欢在床单之间奔跑，让潮湿的床单打在我们脸上。这也是我童年经常见到血的时候，我父亲每次从手术室出来时，身上都是血迹斑斑，即使是口罩和手术帽也都难以幸免。而且手术室的护士几乎每天都会从里面提出一桶血肉模糊的东西，将它们倒进不远处的厕所里。

有一次我们偷了手术室的记事本，那是一本硬皮的记事本，我们并不知道它的重要，只是因为喜欢它坚硬的封皮，就据为己有。那时候的人生阅历已经让我们明白不能将它拿回家，于是我们在手术室外撬开了一块铺地砖，将记事本藏在了下面。结果引起了手术室一片混乱，他们在一夜之间失去了一年的记录，有几天他们翻箱倒柜地寻找，我哥哥也加入了进去，装模作样地和他们一起寻找。我哥哥积极的表现毫无用处，当他们意识到无法找回记事本时，就自然地怀疑起整日在那里游手好闲的我们。

于是审问开始了，他们先从我哥哥那里下手，我哥哥那时候已经知道问题有多么严重了，所以他坚决否认，一副宁死不屈的模样。接下来就轮到我了，他们叫来了我们的母亲，让她坐在我的身边，手术室的护士长说几句话就会去看我的母亲，我母亲也就跟着她的意思说。有几次我差点要招供了，因为那个平时很少理睬我们的护士长把我捧上了天，她说我聪明、懂事、听话、漂亮，凡是她想起来的赞美之词全部用上了，我从来没有一下子听到这么多甜蜜的恭维，我被感动得眼泪汪汪，而且我母亲的神态似乎也在鼓励我说出真相。如果不是我哥哥站在一旁凶狠地看着我，我肯定抵挡不住了，我实在是害怕我哥哥对我秋后算账。

后来,他们很快忘记了那个记事本,就是我们这两个小偷也忘记了它,我想它很可能在那块正方的地砖下面腐烂了,融入到泥土之中。当那个护士长无可奈何地站起来时,我看到自己的母亲松了一口气,这情景时隔三十多年以后,在我眼前依然栩栩如生。

"文革"开始后,手术室外面的空地上搭起了一个礼堂一样大的草棚,医院所有的批斗会都在草棚里进行,可是这草棚搭起来没多久就被我们放了一把火烧掉了。我们在草棚旁玩消防队救火的游戏,我哥哥划一根火柴点燃草棚的稻草,我立刻用尿将火冲灭。可是我们忘记了自己的尿无法和消防队的水龙头相比,它可以源源不断,而我们的尿却无法接二连三。当我哥哥第二次将草棚点燃,吼叫着让我快撒尿时,我只能对他苦笑了。

星星之火,可以燎原。当火势熊熊而起时,我哥哥拔腿就跑,我却站在那里不知所措,我看着医院里的人纷纷跑了出来,我父亲提着一桶水冲在最前面,我立刻跑过去对我父亲说:这火是我哥哥放的。

我意思是想说这火不是我放的,我的声音十分响亮,在场的人都听到了。当时我父亲只是嗯了一声,随后就从我身旁跑了过去。后来我才知道当初的那句话对我父亲意味着什么,那时候他正在被批斗,好不容易遇上一个救火当英雄的机会,结果一个混小子迎上去拦住他,说了这么一句足可以使他萌生死意的话。

我母亲将我和我哥哥寄住到他们的一位同事家中,我们在别人的家中生活了近一个月。这期间我父亲历尽磨难,就是在城里电影院开的批斗会上,他不知道痛哭流涕了多少次,他像祥林嫂似的不断表白自己,希望别人能够相信他,我们放的那把火不是他指使的。

一个月以后,母亲将我们带回家。一进家门,我们看到父亲穿着衣服躺在床上,母亲让我们坐在自己床上,然后走过去对父亲说:他们来了。我父亲答应了一声后,坐起来,下了床,他提着一把扫帚走到我们面前,先让我哥哥脱了裤子扑在床上,然后是我。我父亲用扫把将我们的屁股揍得像天上的彩虹一样五颜六色,使我们很长时间都没法在椅子上坐下来。

从此,我和我哥哥名声显赫起来,县城里几乎所有的孩子都知道向阳弄里住着两个纵火犯。而且我们的形象上了大字报，以此告诫孩子们不要玩火。我看到过大字报上的漫画，我知道那个年龄小的就是我，我被画得极其丑陋，当时我不知道漫画和真人不一样，我以为自己真的就是那么一副嘴脸，使我在很长时间里都深感自卑。

我读小学以后，我们家搬进了医院的宿舍楼，宿舍就建在我们的纵火之地，当时手术室已经搬走，原先的平房改成了医院总务处和供血室，同时又在我家对面盖了一幢小房子，将它作为太平间，和厕所为邻。

后来的日子，我几乎是在哭泣声中成长。那些因病逝去的人，在他们的身体被火化之前，都会在我窗户对面的太平间里躺上一晚，就像漫漫旅途中的客栈，太平间以无声的姿态接待了那些由生向死的匆匆过客，而死者亲属的哭叫声只有他们自己可以听到。

当然我也听到了。我在无数个夜晚里突然醒来，聆听那些失去亲人以后的悲痛之声。居住在医院宿舍的那十年里，可以说我听到了这个世界上最为丰富的哭声，什么样的声音都有，到后来让我感到那已经不是哭声，尤其是黎明来临时，哭泣者的声音显得漫长持久，而且感动人心。我觉得哭声里充满了难以言传的亲切，那种疼痛无比的亲切。有一段时间，我曾经认为这是世界上最为动人的歌谣。

就是那时候我发现，很多人都是在黑夜里逝去的。白天的时候，我上厕所经常从太平间的门口走过，我看到里面只有一张水泥床，显得干净整洁。有时候我会站在自己的窗口，看着对面那一间有些神秘的小屋，它在几棵茂盛的大树下。

那时夏天的炎热难以忍受，我经常在午睡醒来时，看到草席上汗水浸出来的自己的体形，有时汗水都能将自己的皮肤泡白了。于是有一次我走进了对面的太平间，我第一次发现太平间里极其凉爽，我在那张干净的水泥床上躺了下来。在那个炎热的中午，我感受的却是无比的清凉，它对于我不是死亡，而是幸福和美好的生活。后来，我读到了海涅的诗句，他说："死亡是凉爽的夜晚。"

长大成人以后，我读到过很多回忆录，我注意到很多人的童年都是在祖父母或者外祖父母的身旁度过的，而我全部的童年都在医院里，我感到医院养育和教导了我，它就是我出生前已经逝去的祖父和祖母，就是我那在"文革"中逝去的外公，就是十来年前逝去的外婆。如今，那座医院也已经面目全非，我童年的医院也已经逝去了。

一九九八年五月二十六日

麦田里

我在南方长大成人,一年四季、一日三餐的食物都是大米,由于很少吃包子和饺子,这类食物就经常和节日有点关系了。小时候,当我看到外科医生的父亲手里提着一块猪肉,捧着一袋面粉走回家来时,我就知道这一天是什么日子了。我小时候有很多节日,五月一日是劳动节,六月一日是儿童节,七月一日是党的生日,八月一日是建军节,十月一日是国庆节,还有元旦和春节,因为我父亲是北方人,这些日子我就能吃到包子或者饺子。

那时候我家在一个名叫武原的小镇上,我在窗前可以看到一片片的稻田,同时也能够看到一小片的麦田,它在稻田的包围中。这是我小时候见到的绝无仅有的一片麦田,也是我最热爱的地方。我曾经在这片麦田的中央做过一张床,是将正在生长中的麦子踩倒后做成的，夏天的时候我时常独自一人躺在那里。我没有在稻田的中央做一张床是因为稻田里有水，就是没有水也是泥泞不堪，而麦田的地上总是干的。

那地方同时也成了我躲避父亲追打的乐园，不知为何我经常在午饭前让父亲生气，当我看到他举起拳头时，立刻夺门而逃，跑到了我的麦田，躺在麦子之上，忍受着饥饿去想象那些美味无比的包子和饺子，那些咬一口就会流出肉汁的包子和饺子，它们就是我身旁的麦子做成的。这些我平时很少能够吃到的，在我饥饿时的想象里成为了信手拈来的食物。而对不远处的稻田里的稻子，我知道它们会成为热气腾腾的米饭，可是虽然我饥肠辘辘，对它们仍然不屑一顾。

我一直那么躺着，并且会进入梦乡，等我睡一觉醒来时，经常是傍晚了，我就会听到父亲的喊叫，父亲到处在寻找我，他喊叫的声音随着天色逐渐暗淡下来变得越来越焦急。这时候我才偷偷爬出麦田，站在田埂上放声大哭，让父亲听到我和看到我，然后等父亲走到我身旁，我确定他不再生气后，我就会伤心欲绝地提出要求，我说我不想吃米饭，我想吃包子。

我父亲每一次都满足了我的要求，他会让我爬到他的背上，让我把眼泪流在他的脖子上，让饥饿使我胃里有一种空洞的疼痛时，父亲将我背到了镇上的点心店，使我饱尝了包子或者饺子的美味。

后来我父亲发现了我的藏身之处。那一次还没有到傍晚，他在田间的小路上走来走去，怒气冲冲地喊叫着我的名字，威胁着我，说如果我再不出去的话，他就会永远不让我回家。当时我就躺在麦田里，我一点都不害怕，我知道父亲不会发现我。虽然他那时候怒气十足，可是等到天色黑下来以后，他就会怒气全消，就会焦急不安，然后就会让我去吃上一顿包子。

让我倒霉的是，一个农民从我父亲身旁走过去了，他在田埂上看到麦田里有一块麦子倒下了，他就在嘴里抱怨着麦田里的麦子被一个王八蛋给踩倒了，他骂骂咧咧地走过去，他的话提醒了我的父亲，这位外科医生立刻知道他的儿子身藏何处了。于是我被父亲从麦田里揪了出来，那时候还是下午，天还没有黑，我父亲也还怒火未消，所以那一次我没有像往常那样因祸得福地饱尝了一顿包子，而是饱尝了皮肉之苦。

一九九八年二月二十三日

土地

我觉得土地是一个充实的令人感激的形象,比如是一个祖父,是我们的老爷子。这个历尽沧桑的老人懂得真正的沉默,任何惊喜和忧伤都不会打动他。他知道一切,可是他什么都不说,只是看着,看着日出和日落,看着四季的转换,看着我们的出生和死去。我们之间的相爱和勾心斗角,对他来说都是一回事。

大约是在四五岁的时候,我离开了杭州,跟随父母来到一个名叫海盐的小县城。我在一条弄堂的底端一住就是十多年,县城弄堂的末尾事实上就是农村了。我的童年和少年时期,在那块有着很多池塘、春天开放着油菜花、夏天里满是蛙声的土地上,干了很多神秘的已经让我想不起来的坏事,偶尔也做过一些好事。

回忆使我看到了过去的炊烟,从农舍的屋顶出发，缓慢地汇入到傍晚宁静的霞光里。田野在细雨中的影像最为感人，那时候它不再空旷，弥漫开来的雾气不知为何让人十分温暖。我特别喜欢黄昏收工时农民的吆喝，几头被迫离开池塘的水牛，走上了狭窄的田埂。还有来自蔬菜地的淡淡的粪味，这南方农村潮湿的气息，对我来说就是土地的清香。

这就是土地给予我，一个孩子的最初的礼物。它向我敞开胸膛，让我在上面游荡时感到踏实，感到它时刻都在支撑着我。

我童年伙伴里有许多农村孩子，他们最突出的形象是挎着割草篮子在田野里奔跑，而我那时候是房屋的囚徒。父母去上班以后，就把我和哥哥反锁在屋里，我们只能羡慕地趴在楼上的窗口，眺望那些在土地上施展自由的孩子，他们时常跑到楼下来和我们对话，他们最关心的是在楼上究竟能望多远，我哥哥那时已经懂得如何炫耀自己，他告诉他们能望到大海。那些楼下的孩子个个目瞪口呆，谎言使我哥哥体会到了自己的优越。然而当他们离去时，他们黝黑的身体在夏天的阳光里摇摇晃晃，嫉妒就笼罩了哥哥和我。那些农村孩子赤裸的脚和土地是那么和谐。

后来我到了上学的年龄，就开始有机会和他们一起玩耍。那时候的农民都没有锁门的习惯，他们的孩子成为了我的朋友以后，我就可以大模大样地在他们的屋子里走进走出，屋中有没有人对我来说无所谓。我可以随便揭开他们的锅盖，看看里面有没有年糕之类的食物，或者在某个角落拿一个西红柿什么的。当然更多的时候我是挎着一个割草篮子，追随着他们。他们中间有一个年龄稍大的，好像比我哥哥大一岁，他叫什么名字我已经忘了，只记得他很会吹牛。我印象最深的一次，是他说他父母结婚时，他吃了满满一篮子糖果。当时我们几个年龄小的，都被他骗得瞠目结舌。后来是几个年龄大的孩子揭穿了他，向他指出那时候他还没有出生呢，他只是嘿嘿一笑，一点也不惭愧。这个家伙有一次穿着一条花短裤，那色彩和条纹跟我母亲当时的一条短裤一模一样，当我正要这样告诉他时，哥哥捂住了我的嘴，比我大两岁的哥哥已经知道我要说什么，过了一会儿他悄悄告诉我，如果我刚才说出那句话，他们就会说我母亲的下流话，当时我心里是一阵阵地紧张。

那个爱吹牛的孩子很早就死去了，是被他父亲一拳打死的。当时他正靠墙站着，他父亲一拳打在他的脖子上，打断了颈动脉。当场就死了。这事在当时很出名，我父亲说他如果不是靠墙站着，就不会死去，因为他在空地上摔倒时会缓冲一下。父亲的话对我很起作用，此后每当父亲发怒时，我赶紧站到屋子中央，免得也被一拳打死。他家弟兄姐妹有六个，他排行第四。所以他死后，他的家人也不是十分悲伤，他们更多的是感叹他父亲的倒霉，他父亲为此蹲了两年的监狱。他被潦草地埋在一个池塘旁，坟堆不高，从我家楼上的窗口可以清楚地看到。很长时间里，他都作为吓唬人的工具被我们这些孩子利用。我哥哥常常在睡觉时悄声告诉我，说他的眼睛正挂在我家黑暗的窗户上，吓得我用被子蒙住头不敢出气。有时候在晚上，我会鼓起勇气偷偷看一眼他的坟堆，我觉得他的坟还不是最可怕的，吓人的是坟旁一棵榆树，树梢在月光里锋利地抖动，这才是真正的可怕。几年以后，他的坟消失了，他被土地完全吸收以后，我们也就完全忘记了他。

当时住在弄堂里的城镇孩子，常和这些农村的孩子发生争吵。我们当时小小的年龄就已经明白了自己是城里人，还是乡下人；知道自己为什么优越，为什么自卑。弄堂里的孩子和农村的孩子集体斗殴是经常发生的。有一次我站到了农村孩子一边，我哥哥就叫我叛徒。我和那些农村孩子经常躲在稻浪里，密谋的对象当然也包括我的哥哥，袭击自己哥哥的方案是最让我苦恼的。我之所以投奔他们，背叛自己弄堂里的同类，是因为他们重视我，我小小的自尊心会得到很大的满足。如果我站到弄堂里的孩子一边，年龄的劣势只能让我做一个小走卒。

我的行为给我带来了一个凄凉的夜晚，当时弄堂里为首的一个大孩子叫刘继生，他能吹出迷人的笛声，他经常坐在窗口吹出卖梨膏糖的声音，我们这些馋嘴的孩子上当后拼命奔跑过去，看到的是他坐在窗前哈哈大笑。他十八岁那年得黄疸肝炎死去了。他家院子里种着葡萄，那一年夏天的晚上，弄堂里的很多孩子都坐在葡萄架下，他母亲给他们每人一串葡萄，我哥哥也坐在那里。我因为背叛了他们，便被拒绝在门外。我一个人坐在外面的泥地上，听着他们在里面说话和吃葡萄。我的那些农村盟友不知都跑哪儿去了，我孤单一人，在月光下独自凄凉。

我八岁的时候，曾经有过一次冒险的远足。一个比我大几岁的农村孩子，动身去看他刚刚死去的外祖父。他可能是觉得路上一个人太孤单，所以就叫上在夏天中午里闲逛的我。他骗我只有很近的路，马上就能回来，我就跟着他去了。我们在烈日下走了足足有三个小时，这个家伙一路上反复说：就在前面拐弯那地方。可是每次拐了弯以后他仍然这么说，把我累得筋疲力尽，最后到那地方时恰恰不用拐弯了。他一到那地方就不管我了，我问他什么时候回去，他说是明天。这使我非常紧张，我迅速联想到父母对我的惩罚。我缠着他，硬要他立刻带我回去，他干脆就不理我。于是在一个我完全陌生的老人下葬时，我嚎啕大哭，哭得比谁都要伤心。后来是他的一个表哥，大约十六七岁，送我回了家。我记得他有一张瘦削的脸，似乎很白净，路上他不停地和我说话，他笑的样子使我当时很崇拜。他详细告诉我夜晚如何到竹林里去捕麻雀，他那时在我眼中已经是一个成年人了。我从来没有和一个成年人如此亲密地说话，所以我非常喜欢他。那天回到家中时天都黑了，一进家门我就淹没在父母的训斥之中，害怕使我忘记了一切。一直到第二天清晨醒来后，我才又想起他。他送我回家后，都没有跨进我的家门，我也不知道他是什么时候离开的。

那一天是我第一次看到什么是葬礼。那个死去的老人的脸上被一种劣质的颜料涂抹后，显得十分古怪。他没有躺在棺材里，而是被一根绳子固定在两根竹竿上，面向耀眼的天空，去的地方则是土地。人们把他放在一个事先挖好的坑中，然后盖上了泥土。就像我有一次偷了父亲的放大镜，挖个坑放进去盖上泥土一样。土地可以接受各种不同的东西，在那个夏日里，这个老人生前无论是作恶多端，还是广行善事，土地都是同样沉默地迎接了他。

一九九二年三月十二日

包子和饺子

在我小时候,包子和饺子都是属于奢侈的食物,只有在逢年过节时才有希望吃到。那时候,我还年轻的父亲手里捧着一袋面粉回家时,总喜欢大叫一声:"面粉来啦!"这是我童年记忆里最为美好的声音。

然后,我父亲用肥皂将脸盆洗干净,把面粉倒入脸盆,再加上水,他就开始用力地揉起了面粉。我的工作就是使劲地按住脸盆,让它不要被父亲的力气掀翻。我父亲高大强壮,他揉面粉时显得十分有力,我就是使出全身的力气按住脸盆,脸盆仍然在桌上不停地跳动,将桌子拍得"咚咚"直响。

这时候,我父亲就会问我:"你猜一猜,今天我们吃的是包子呢?还是饺子?"

我需要耐心地等待。我要看他是否再往面粉里加上发酵粉,如果加上了,他又将脸盆抱到我的床上,用我的被子将脸盆捂起来，我就会立刻喊叫："吃包子。"

如果他揉完了面粉，没有加发酵粉，而是将调好味的馅端了过来，我就知道接下去要吃到的一定是饺子了。

这是我小时候判断包子和饺子区别时的重要标志。包子的面粉通过发酵，蒸熟后里面有许多小孔，吃到嘴里十分松软。而包饺子的面粉是不需要发酵的，我们称之为"死面"。当然，将它们做完后放在桌上时，我就不需要这些知识了，我一眼就可以看出它们的区别，形状圆圆的一定是包子；像耳朵一样的自然是饺子了。

我七岁的时候，父亲带着我去他的老家山东。我记得我们先是坐船，接着坐上了汽车，然后坐的是火车，到了山东以后，我们又改坐汽车，最后我们是坐着马车进入我父亲的村庄。那是冬天的时候，田野里一片枯黄，父亲带着我走进了他姑妈的家。我的祖母在我出生前就去世了。我父亲的姑妈，也就是我祖父的妹妹，当时正坐在灶前烧火，见到分别近二十年的侄儿回来了，她一下子跳了起来，"哇哇"地与我父亲说了一堆我那时候听不懂的山东话。然后揭开锅盖，给我一碗热气腾腾的玉米糊。

这是我到父亲家乡吃到的第一顿饭。在父亲老家的一个月，我每天都喝玉米糊。那地方流传着这样一句话：人走红运，张嘴飞进白馍馍。白馍馍就是馒头，或者说是没有馅的包子。意思就是谁要是吃上了馒头，谁就交上好运了。遇上了好运才只是吃到馒头，如果吃到了饺子或者包子，就不知道是什么样的好运了。所以我在父亲姑妈的家里，只能每天喝玉米糊。

在我们快要离开时，我终于吃上了一次饺子。那是我父亲的表弟来看我们，他来的时候手里提着一块猪肉，一进村庄就被一群孩子围住了，这些孩子一年里见不到几次猪肉，他们流着口水紧跟着我父亲的表弟，来到了我父亲姑妈的家门口。当我父亲和他的姑妈、表弟坐在炕上包饺子时，那些孩子还不时地将脑袋从门外探进来张望一下。

当饺子煮熟后热气腾腾地端上来，我吃到了这一生最难忘的饺子，我咬了一口，那饺子和盐一样咸，将一只饺子放进嘴里，如同抓一把盐放进嘴里似的，把我咸得满头大汗，我只能大口大口地喝玉米糊，来消除嘴里的咸味。后来我父亲告诉我，他家乡的饺子不是作为点心来吃的,而是喝玉米糊时让嘴巴奢侈一下的菜,就像我们南方喝粥时吃的咸菜一样。

我在读小学的时候,每一个学期都会安排一次学工,或者是学农和学军。学工就是让我们去工厂做工,学农经常是去农村收割稻子,而我们最喜欢的是学军,学军就是学习解放军,让我们一个年级的孩子排成队行军,走向几十里路外的某一个目的地。我们经常是天没亮就出发了,自带午餐,到了目的地后坐下来吃完午餐,然后又走回来,回家时往往已经是天黑了。

这也是我除了逢年过节以外,仍然有希望吃到包子的日子。我母亲会给我一角钱,让我自己去街上买两个包子,用旧报纸包起来放进书包,这就是我学军时的午餐。对我来说,这可是一年里为数不多的美味。我的哥哥这时候总能分享这一份美味。当时我是用一根绳子系裤子,我没有皮带,而我哥哥有一根皮带,我非常希望自己能够在衣服外面再扎上一根皮带,这样我会感到自己真正像一个军人了。于是我就用一个包子去和哥哥交换皮带。

在我学军的这一天,我和哥哥天没有亮就出门,我们走到街上的点心店，我用母亲给的一角钱买下两个包子，那是刚出笼的包子，蒸发着热气，带着麦子的香味来到我的手中，我看着哥哥取下自己的皮带，他先交给我皮带，我才递给他包子。我将剩下的一个包子放进书包，将哥哥的皮带扎在衣服外面，然后向学校跑去。我哥哥则在后面慢慢地走着，他一手提着快要滑下来的裤子，另一只手拿着包子边吃边走。接下去他会去找一根绳子，随便对付一天，因为到了晚上我就会把皮带还给他。

我活了三十多年，不知道吃下去了多少包子和饺子，我的胃消化它们的同时，我的记忆也消化了它们，我忘记了很多可能是有趣的经历，不过有一次令我难忘。那是十年前，我们几个人去天津，天津的朋友请我们去狗不理包子铺吃饭。

那一天，我们在狗不理包子铺坐下来以后，刚好十个人。各式各样的包子一笼一笼端了上来，每笼十个包子，刚好一人一个。天津的狗不理包子有七十多个品种，区别全在馅里面，有猪肉馅、牛肉馅、羊肉馅，有虾肉馅、鱼肉馅，还有各种蔬菜馅；有甜的、有咸的，也有酸的和苦的，有几十种。刚坐下来的时候,我们雄心勃勃,准备将所有的品种全部品尝,可是吃到第三十六笼以后,我们谁也吃不下去了,每个人都把自己的胃撑得像包子皮一样薄,谁也不敢再吃了,再吃就会将胃撑破了,而桌上包子还在增加,最后我们发现就是看着这些包子,也使我们感到害怕了,于是我们站起来,小心翼翼地站起来,小心翼翼地走下了楼梯,小心翼翼地来到了街上。

我们一行十个人站在街道旁,谁也不敢立刻过马路,我们吃得太多了,使我们走路都非常困难,我们怕自己走得太慢,会被街上快速行驶的汽车撞死。

那天下午,我们就这样站在街道上,互相看着嘿嘿地笑,其实我们是想放声大笑,可是我们不敢,我们怕大笑会将胃笑破。我们一边嘿嘿地笑,一边打着嗝,打出来的嗝有着五花八门的气味,这时候我们想起了中国那句古老的成语——百感交集。

一九九九年七月六日

最初的岁月

一九六〇年四月三日的中午,我出生在杭州的一家医院里,可能是妇幼保健医院,当时我母亲在浙江医院,我父亲在浙江省防疫站工作。有关我出生时的情景,我的父母没有对我讲述过,在我记忆中他们总是忙忙碌碌,每天都有做不完的事,我几乎没有见过他们有空余的时间坐在一起谈谈过去,或者谈谈我,他们第二个儿子出生时的情景。我母亲曾经说起过我们在杭州时的生活片断,她都是带着回想的情绪去说,说我们住过的房子和周围的景色,这对我是很重要的记忆,我们在杭州曾经有过的短暂生活,在我童年和少年时期一直是想象中最为美好的部分。

我的父亲在我一岁的时候,离开杭州来到一个叫海盐的县城,从而实现了他最大的愿望,成为了一名外科医生。我父亲一辈子只念了六年书,三年是小学,另外三年是大学,中间的课程是他在部队里当卫生员时自学的,他在浙江医科大学专科毕业后,不想回到防疫站去,为了当一名外科医生,他先是到嘉兴,可是嘉兴方面让他去卫生学校当教务主任;所以他最后来到了一个更小的地方——海盐。

他给我母亲写了一封信,将海盐这个地方花言巧语了一番,于是我母亲放弃了在杭州的生活,带着我哥哥和我来到了海盐,我母亲经常用一句话来概括她初到海盐时的感受,她说:"连一辆自行车都看不到。"

我的记忆是从"连一辆自行车都看不到"的海盐开始的,我想起了石板铺成的大街,一条比胡同还要窄的大街,两旁是木头的电线杆,里面发出嗡嗡的声响。我父母所在的医院被一条河隔成了两半,住院部在河的南岸,门诊部和食堂在北岸,一座很窄的木桥将它们连接起来,如果有五六个人同时在上面走,木桥就会摇晃,而且桥面是用木板铺成的,中间有很大的缝隙,我的一只脚掉下去时不会有困难,下面的河水使我很害怕。到了夏天,我父母的同事经常坐在木桥的栏杆上抽烟闲聊,我看到他们这样自如地坐在粗细不均,而且还时时摇晃的栏杆上,心里觉得他们实在是了不起。

我是一个很听话的孩子,我母亲经常这样告诉我,说我小时候不吵也不闹,让我干什么我就干什么,她每天早晨送我去幼儿园,到了晚上她来接我时,发现我还坐在早晨她离开时坐的位置上。我独自一人坐在那里,我的那些小伙伴都在一旁玩耍。

到了四岁的时候,我开始自己回家了,应该说是比我大两岁的哥哥带我回家,可是我哥哥经常玩忽职守,他带着我往家里走去时,会突然忘记我,自己一个人跑到什么地方去玩耍了,那时候我就会在原地站着等他,等上一段时间他还不回来,我只好一个人走回家去,我把回家的路分成两段来记住,第一段是一直往前走,走到医院;走到医院以后,我再去记住回家的路,那就是走进医院对面的一条胡同,然后沿着胡同走到底,就到家了。

接下来的记忆是在家中楼上,我的父母上班去后,就把我和哥哥锁在屋中,我们就经常扑在窗口,看着外面的景色。我们住在胡同底,其实就是乡间了,我们长时间地看着在田里耕作的农民,他们的孩子提着割草篮子在田埂上晃来晃去。到了傍晚,农民们收工时的情景是一天中最有意思的,先是一个人站在田埂上喊叫:"收工啦!"然后在田里的人陆续走了上去,走上田埂以后,另外一些人也喊叫起收工的话,一般都是女人在喊叫。在一声起来、一声落下的喊叫里,我和哥哥看着他们扛着锄头,挑着空担子三三两两地走在田埂上。接下去女人的声音开始喊叫起她们的孩子了,那些提着篮子的孩子在田埂上跑了起来,我们经常看到中间有一两个孩子因为跑得太快而摔倒在地。

在我印象里,我的父母总是不在家,有时候是整个整个的晚上都只有我和哥哥两个人在家里,门被锁着,我们出不去,只好在屋里将椅子什么的搬来搬去,然后就是两个人打架,一打架我就吃亏,吃了亏就哭,我长时间地哭,等着我父母回来,让他们惩罚我哥哥。这是我最疲倦的时候,我哭得声音都沙哑后,我的父母还是没有回来,我就睡着了。

那时候我母亲经常在医院值夜班,她傍晚时回来一下,在医院食堂买了饭菜带回来让我们吃了以后,又匆匆地去上班了。我父亲有时是几天见不着,母亲说他在手术室给病人动手术。我父亲经常在我们睡着以后才回家，我们醒来之前又被叫走了。在我童年和少年时期，几乎每个晚上，我都会在睡梦里听到楼下有人喊叫："华医生，华医生……有急诊。"

我哥哥到了上学的年龄以后，就不能再把他锁在家里，我也因此得到了同样的解放。我哥哥脖子上挂着一把钥匙，背着书包，带上我开始了上学的生涯。他上课时，我就在教室外一个人玩，他放学后就带着我回家。有几次他让我坐到课堂上去，和他坐在一把椅子里听老师讲课。有一次一个女老师走过来把他批评了一通，说下次不准带着弟弟来上课，我当时很害怕，他却是若无其事。过了几天，他又要把我带到课堂上去，我坚决不去，我心里一想到那个女老师就怎么也不敢再去了。

我在念小学时，我的一些同学都说医院里的气味难闻，我和他们不一样，我喜欢闻酒精和福尔马林的气味。我从小是在医院的环境里长大的，我习惯那里的气息，我的父母和他们的同事在下班时都要用酒精擦手，我也学会了用酒精擦手。

那时候我一放学就是去医院，在医院的各个角落游来荡去的，一直到吃饭。我对从手术室里提出来的一桶一桶血肉模糊的东西已经习以为常了,我父亲当时给我最突出的印象,就是他从手术室里出来时的模样,他的胸前是斑斑的血迹,口罩挂在耳朵上,边走过来边脱下沾满鲜血的手术手套。

我读小学四年级时,我们干脆搬到医院里住了,我家对面就是太平间,差不多隔几个晚上我就会听到凄惨的哭声。那几年里我听够了哭喊的声音,各种不同的哭声,男的,女的,老的,少的,我都听了不少。

最多的时候一个晚上能听到两三次,我常常在睡梦里被吵醒;有时在白天也能看到死者亲属在太平间门口嚎啕大哭的情景,我搬一把小凳坐在自己家门口,看着他们一边哭一边互相安慰。有几次因为好奇我还走过去看看死人,遗憾的是我没有看到过死人的脸,我看到的都是被一块布盖住的死人,只有一次我看到了一只露出来的手,那手很瘦,微微弯曲着,看上去灰白,还有些发青。

应该说我小时候不怕看到死人,对太平间也没有丝毫恐惧,到了夏天最为炎热的时候,我喜欢一个人待在太平间里,那用水泥砌成的床非常凉快。在我记忆中的太平间总是一尘不染,四周是很高的树木,里面有一扇气窗永远打开着,在夏天时,外面的树枝和树叶会从那里伸进来。

当时我唯一的恐惧是在黑夜里,看到月光照耀中的树梢,尖细的树梢在月光里闪闪发亮,伸向空中,这情景每次都让我发抖,我也不知道是什么原因,总之我一看到它就害怕。

我在小学毕业的那一年,应该是一九七三年,县里的图书馆重新对外开放,我父亲为我和哥哥弄了一张借书证,从那时起我开始喜欢阅读小说了,尤其是长篇小说。我把那个时代所有的作品几乎都读了一遍,浩然的《艳阳天》《金光大道》,还有《牛田洋》《虹南作战史》《新桥》《矿山风云》《飞雪迎春》《闪闪的红星》……当时我最喜欢的书是《闪闪的红星》,然后是《矿山风云》。

在阅读这些枯燥乏味的书籍的同时,我迷恋上了街道上的大字报,那时候我已经在念中学了,每天放学回家的路上,我都要在那些大字报前消磨一个来小时。到了七十年代中期,所有的大字报说穿了都是人身攻击,我看着这些我都认识都知道的人,怎样用恶毒的语言互相谩骂,互相造谣中伤对方。有追根寻源挖祖坟的,也有编造色情故事的,同时还会配上漫画,漫画的内容就更加广泛了,什么都有,甚至连交媾的动作都会画出来。

在大字报的时代,人的想象力被最大限度地发掘了出来,文学的一切手段都得到了发挥,什么虚构、夸张、比喻、讽刺……应有尽有。这是我最早接触到的文学,在大街上,在越贴越厚的大字报前,我开始喜欢文学了。

当我真正开始写作时,我是一名牙医了。我中学毕业以后,进入了镇上的卫生院,当起了牙科医生,我的同学都进了工厂,我没进工厂进了卫生院,完全是我父亲一手安排的,他希望我也一辈子从医。

后来,我在卫生学校学习了一年,这一年使我极其难受,尤其是生理课,肌肉、神经、器官的位置都得背诵下来,过于呆板的学习让我对自己从事的工作开始反感。我喜欢的是比较自由的工作,可以有想象力,可以发挥,可以随心所欲。可是当一名医生(严格说我从来没有成为过真正的医生,就是有职称的医生)只能一是一、二是二,没法把心脏想象得在大腿里面,也不能将牙齿和脚趾混同起来,这种工作太严格了，我觉得自己不适合。

还有一点就是我难以适应每天八小时的工作，准时上班，准时下班，这太难受了。所以我最早从事写作时的动机，很大程度上是为了摆脱自己所处的环境。那时候我最大的愿望就是能够进入县文化馆，我看到文化馆的人大多懒懒散散，我觉得他们的工作对我倒是很合适的。于是我开始写作了，而且很勤奋。

写作使我干了五年的牙医以后，如愿以偿地进入了县文化馆。后来的一切变化都和写作有关，包括我离开海盐到了嘉兴，又离开嘉兴来到北京。

如今虽然我人离开了海盐，但我的写作不会离开那里。我在海盐生活了差不多有三十年，我熟悉那里的一切，在我成长的时候，我也看到了街道的成长，河流的成长。那里的每个角落我都能在脑子里找到，那里的方言在我自言自语时会脱口而出。我过去的灵感都来自于那里，今后的灵感也会从那里产生。

现在，我在北京的寓所里，根据中国社会科学出版社的要求写这篇自传时，想起了几年前的一件事，那时我刚到县文化馆工作，我去杭州参加一个文学笔会期间，曾经去看望黄源老先生，当时年近八十的黄老先生知道他家乡海盐出了一个写小说的年轻作家后,曾给我来过一封信,对我进行了一番鼓励,并要我去杭州时别忘了去看望他。

我如约前往。黄老先生很高兴,他问我家住在海盐什么地方?我告诉他住在医院宿舍里。他问我医院在哪里?我说在电影院西边。他又问电影院在哪里?我说在海盐中学旁边。他问海盐中学又在哪里?

我们两个人这样的对话进行了很久,他说了一些地名我也不知道,直到我起身告辞时,还是没有找到一个双方都知道的地名。同样一个海盐,在黄源老先生那里,和在我这里成了两个完全不同的记忆。

我在想,再过四十年,如果有一个从海盐来的年轻人,和我坐在一起谈论海盐时,也会出现这样的情况。

一九九四年五月十一日

看海去

小时候,很想去看海。

家离海边十里路。那时,我四岁,哥哥六岁。十里路是很远的。父母上班去,我们便被反锁在屋内。

在屋内,椅子当马骑,待会儿又相反,人当马在地上爬,椅子放在背脊上作为人。这全是哥哥的主意,哥哥大,我小。有时他说月亮里有人,我信;有时他说月亮里没人,我仍信。父母上班去,他便跟我乱扯,我很高兴听。也不全是乱扯,也有别的事做。我们练跳,先从床上往下跳,再从椅子上往下跳,最后呢,站在桌子上往下跳。哥哥是跳下去了,而我却没敢。哥哥责备我,我低着头轻轻地哭了,心里却很佩服哥哥。其实后来我到了六岁,也敢跳了。

我们玩累了,便会往床底下一躺,睡着了。父母下班回来,没见我们,急了,四处寻找。寻找回来,却见我们已规规矩矩地坐好在饭桌旁。

渐渐地，练跳没兴致了，钻床也没兴致了。似乎什么都没兴致。我们整日整日扑在窗口，看蓝天，看白云，看远处起伏的山群，看近处波动的稻浪。

而有与我们同龄的孩子，翻着筋斗在远处出现时，我蓦然放声大哭。哥哥说声："别哭！"自己却涕泪俱下。

童年也有寂寞的时候。

我们的窗是朝南的，脚下垫着凳子，否则人太矮，够不到。哥哥是很坏的，当我们一起放声大哭时，他突然用脚一蹬凳子，俩人摔下来了。摔下来是很痛的，可我们却立刻终止了哭声，高高兴兴地笑起来。

我们太寂寞。

屋内的世界越来越小，心的世界却越来越大。

一日，哥哥指着很远的地方，说："那里有大海。"

从此以后，我的心开始动荡，哥哥的心也开始动荡。起先他也知道那里有大海，可以前他一直没动心，自从说了那句话，他自己也不平静起来。

哥哥也没见过大海。

蓝天不再那么神秘，白云不再使我们心思飘忽。

起伏的山群没意思了，波动的稻浪也没意思。看远处孩子翻筋斗也不再使我们伤心。我们不解，他们为何不去海边。

县城很小，家住的地方已经算是乡间了。扑在窗口望出去，有些许池塘。有一个池塘特别大，是三个连结在一起的，我们称它"连环湖"。

我问哥哥："海比那池塘大？"

"当然大。"

"比连环湖也大？"

"肯定大！"

我无法想象比连环湖还要大的海了。哥哥是知道的，他说站在海的这岸望对岸，对岸的人小得像蚂蚁。

哥哥说，如果不是被反锁在屋里，他会带我去海边的。

我们想出去，从门出去是没指望的。窗倒是敞开的，可我们住的是二楼，哥哥不敢跳下去，我更不敢。

哥哥说用一根绳子从窗口扔出去，扔到地上，我们就可以沿绳而下。绳是没有的，只有缝衣服的丝线（丝线只能帮助一只蚂蚁从窗口逃下去）。

绳没有，我便向父亲要。父亲问了，我回答是准备从窗口逃下去,去看海。

父亲听了很生气,批评了哥哥。事后哥哥骂我是全世界最大最大的笨蛋。

然而,父亲竟说礼拜天带我们去看海。说这话的时候是礼拜四。还有两天就能去看海。哥哥很高兴,我也很高兴。

那两天里,哥哥待我特别好,吃东西时不再跟我抢了。我待哥哥也很好,把我的帽子给他戴。我的帽子漂亮。

可是在礼拜天,父亲仍去上班。我们去不成海边了。只能等到下个礼拜天。

到了下个礼拜天父亲没去上班,可他说有事,仍没带我们去。就这样,拖了很久,才算去成。

我们看海去了。

家离海边十里路。十里路现在走起来觉得不远,而当时却实在觉得太长。记得后来是父亲背着哥哥,抱着我,才到海边的。回来时也是那样。

初次见到海时的情景,现在模模糊糊了。只记得当时哥哥惊叫了一声,然后说:

"这么大!"

好像我也是这样。

当时我还没有上学,还不知道有"无边无际",不知道有"浩浩淼淼",海的出现,让我木然。现在想起来,最初体味到什么是人生,不是后来,而是当初头一次看到海时。虽说那时尚未意识到,可现在想来总觉得是那时。

父亲说要回去了,我不乐意,哥哥也不愿意,哀求父亲:"再待一会儿吧。"

几次"待一会儿"后,父亲不再待一会儿。一定要回去。记得当时我哭了。哥哥虽没哭,但我知道他也是很想哭的。那天晚上,哥哥握着拳头对我说:"以后我带你去。"

后来确有好几次是哥哥带我去的。再后来,我和同学一起常去海边了。

现在倒是不常去,懒得去。海见多了,便也不以为然。

只是近来父母常常提出要去海边玩玩。哥哥已经结婚,我呢,忙于写作。都很忙。现在的家庭不似从前,儿子一长大,全搬出去住。家已分成三处,父母一处,哥嫂一处,我独人一处。已不是过去的朝夕相处。

近来父母常常提出要去海边玩玩，照几张相。哥哥答应，我也答应。只是屡屡将日子往后推。这个星期天推下星期天。最后还是去了。

去了，最高兴的是父母。一到海边，他们好像就不愿意回去了。当我们说："回去吧。"父母总说："再待一会儿。"

我们在海边待了很久。

那一次，我提醒哥哥，小时我们扑在南窗口，他指着南面说那里有大海。其实海在东面。还提醒他，他曾说过站在海的这岸，对岸的人小如蚂蚁。

哥哥先说记不清了，后又说我是在瞎编。我是记得很清楚的。

现在，父母又提出要去海边了，于是就想起当初求着父亲带我们去看海的情景。现在父母求我们了。

而海依旧。

一九八四年十二月十七日

儿子的出生

我做了三十三年儿子以后,开始做上父亲了。现在我儿子漏漏已有七个多月了,我父亲有六十岁,我母亲五十八岁,我是又做儿子,又当父亲,属于承上启下、继往开来中的人。几个月来,一些朋友问我:当了父亲以后感觉怎么样?我说:很好。

确实很好,而且我只能这样回答,除了"很好"这个词,我不知道该怎样说。家里增加了一个人,一个很小很小的人,很小的脚丫和很小的手,我把他抱在怀里,长时间地看着他,然后告诉自己:这是我儿子,他的生命与我的生命紧密相连,他和我拥有同一个姓,他将叫我爸爸……

我就这样往下想,去想一切他和我相关的,直到再也想不出什么时,我又会重新开始去想刚才已经想过的。就这些所带来的幸福已让我常常陶醉,别的就不用去说了。

我儿子是以突然袭击的方式出现的,我和妻子毫无准备。一九九二年十一月,我为了办理合同制作家去了浙江,二十天后当我回到北京,陈虹来车站接我时来晚了,我在站台上站了有十来分钟,她看到我以后边喊边跑,跑到我身旁她就累得喘不过气来,抓住我的衣服好几分钟说不出话,其实她也就是跑了四五十米。以后的几天,陈虹时常觉得很累,我以为她是病了,就上医院去检查,一检查才知道是怀孕了。

那时候我一个人站在外面吸烟,陈虹走过来告诉我:是怀孕了。陈虹那时什么表情都没有,她问我要不要这个孩子。我想了想后说:"要。"

后来我一直认为自己当初说这话时是毫不犹豫的,陈虹却一口咬定我当时犹豫不决了一会儿,其实我是想了想。有孩子了,这突然来到的事实总得让我想一想,这意味着我得往自己肩膀上压点什么,我生活中突然增加了什么。这很重要,我不可能什么都不想,就说要。

我儿子最先给我们带来的乐趣,是从医院出来回家的路上，我和陈虹走在寒风里，在冬天荒凉的景色里，我们内心充满欢乐。我们无数次在那条街道上走过，这一次完全不一样，这一次是三条生命走在一起，这是奇妙的体验，我们一点都感觉不到冬天的寒风。

接下来就是五个月的时候，有一天陈虹突然告诉我孩子在里面动了。我已经忘了那时在干什么，但我记得自己是又惊又喜，当我的手摸到我儿子最初的胎动时，我感到是被他踢了一脚，其实只是轻轻地碰了一下，我却感到这孩子很有劲，并且为此而得意洋洋。从这一刻起，我作为父亲的感受得到了进一步的证明，我真正意识到儿子作为一个生命存在了。

我的儿子在踢我。这是幸福的想法，他是在告诉我他的生命在行动，在扩展，在强大起来。现在我儿子七个多月了，他挥动着小手和比小手大一点的小脚，只要我一凑近他，他就使劲抓我的脸，我的脸常常被他抓破，即便如此，我还是常常将脸凑过去，因为我儿子是在了解世界，他要触摸实物，有时是玩具，有时是自己的衣服，有时就应该是他父亲的脸。

然后就是出生了。孩子没有生在北京，而是生在我的老家浙江海盐。我的父母都是医生,他们希望我和陈虹回浙江去生孩子。我儿子是一九九三年八月二十七日出生的,是剖腹产,出生的日子是我父亲选定的,他问我和陈虹:"二十七日怎么样?"

我们说:"行。"

陈虹上午八点半左右进了手术室,我在下面我父亲的值班室里等着,我将一张旧报纸看了又看,我一点都不担心,因为作为医生我的父母都在手术室里,他们恭候着孙儿的来临。我只是感到有些无所事事,就反复想想自己马上就要成为父亲了,我觉得这是一个有趣的事实,当然我更关心的是我儿子是什么模样。到了九点半,我听到我父亲在喊叫我,我一下子激动了,跑到外面看到父亲,他大声对我说:"生啦,是男孩,孩子很好,陈虹也很好。"

我父亲说完又回到手术室里去了,我一个人在手术室外面走来走去,孩子出生之前我倒是很平静,一旦知道孩子已经来到世上,并且一切都好后,我反倒坐立不安了。过了一会儿,我母亲将孩子抱了出来,我母亲一边走过来一边说:"太漂亮了,这孩子太漂亮了。"

我看到了我的儿子，刚从他母亲子宫里出来的儿子，穿着他祖母几天前为他准备的浅蓝色条纹的小衣服，睡在襁褓里，露出两只小手和小脸。我儿子的皮肤看上去嫩白嫩白的，上面像是有一层白色的粉末，头发是湿的，粘在一起，显得乌黑发亮，他闭着眼睛在睡觉。一个护士让我抱抱他，我想抱他，可是我不敢，他是那么的小，我怕把他抱坏了。

那天上午阳光灿烂，从手术室到妇产科要经过一条胡同，当护士抱着他下楼时，我害怕阳光了，害怕阳光会刺伤我儿子的眼睛。有趣的是当护士抱着我儿子出现在胡同里时，阳光刚好被云彩挡住了。就是这样，胡同里的光线依然很明亮，我站在三层楼上，看到我儿子被抱过胡同时，眼睛皱了起来，这是我看到自己儿子所出现的第一个动作。虽然很多人说孩子出生的第一月里是没有听觉和视觉的，但我坚信我儿子在经过胡同时已经有了对光的感觉。

儿子被护士抱走后，我又是一个人站在手术室外面，等着陈虹被送出来，我在那里走来走去，这时我的感觉与儿子出生前完全不一样，我实实在在地感到自己是父亲了，一想到自己是父亲了，想到儿子是那么的小,才刚刚出生,我就一个人嘿嘿地笑。

我儿子在婴儿室里躺了两天,我一天得去五六次,他和别的婴儿躺在一起,浑身通红,有几次别的婴儿哇哇哭的时候,他一个人睡得很安详,有时别的婴儿睡的时候,他一个人在哭。为此我十分得意,我告诉陈虹:这孩子与众不同。

我父亲告诉我,这孩子是屁股先出来的,出来时一只眼睛睁着、另一只眼睛闭着,刚一出来就拉屎撒尿了。然后医生将他倒过来,在他背上拍了几下,他哇地哭了起来,他的肺张开了。

陈虹后来对我说,她当初听到儿子第一声哭声时,感到整个世界变了。陈虹从手术室里出来时脸上挂着微笑,我俯下身去轻声告诉她我们的儿子有多好,她那时还在麻醉之中,还不觉得疼,听到我的话她还是微笑,我记得自己说了很多感谢的话,感谢她为我生了一个很好的儿子。

其实在知道陈虹怀的是男孩以前,我一直希望是女儿,而陈虹则更愿意是男孩。所以我认准了是女孩,而陈虹则肯定自己怀的是儿子。这样一来,我叫孩子为女儿,陈虹一声一声地叫儿子。我给孩子取了一个小名，叫漏漏。这一点上我们意见一致，因为我们并没有具体的要孩子的计划，他就突然来了。我说这是一条漏网之鱼，就叫他漏漏吧。

漏漏没有进行胎教，我和陈虹跑了几个书店，没看到胎教音乐，也没看到胎教方面的书籍。事情就是这样怪，想买什么时往往买不到，现在漏漏七个多月了，我一上街就会看到胎教方面的书籍和音乐盒带。另一方面我对胎教的质量也有些怀疑，倒不是怀疑它的科学性，现在的人只管赚钱，很少有人把它作为事业来从事。

所以我就自己来教，陈虹怀孕三四个月之间，我一口气给漏漏上了四节胎教课，第一节是数学课，我告诉他：1＋1＝2；第二节是语文课，我说：你是我儿子，我是你父亲；第三节是音乐课，我唱了一首歌的开始和结尾两句；第四节是政治课，是关于波黑局势的。四节课加起来不超过五分钟，其结果是让陈虹笑疼了肚子，至于对漏漏后来的智力发展有无影响我就不敢保证了。

陈虹怀漏漏期间，我们一直住在一间九平米的平房里，三个大书柜加上写字台已经将房间占去了一半，屋内只能支一张单人床，两个人挤一张小床，睡久了都觉得腰酸背疼。有了漏漏以后，就是三个人挤在一起睡了，整整九个月，陈虹差不多都是向左侧身睡的，所以漏漏的位置是横着的，还不是臀位。臀位顺产就很危险，横位只能是剖腹产。

漏漏八月下旬出生，我们是八月二日才离开北京去浙江，这个时候动身是非常危险了，我在北京让一些具体事务给拖住，等到动身时真有点心惊肉跳，要不是陈虹自我感觉很好，她坚信自己会顺利到达浙江，我们就不会离开北京。

陈虹的信心来自于还未出世的漏漏，她坚信漏漏不会轻易出来，因为漏漏爱他的妈妈，漏漏不会让他妈妈承受生命的危险。陈虹的信心也使我多少有些放心，临行前我让陈虹坐在床上，我坐在一把儿童的塑料椅子里，和漏漏进行了一次很认真的谈话，这是我第一次以父亲的身份和未出世的儿子说话。具体说些什么记不清了，全部的意思就是让漏漏挺住，一直要挺回到浙江家中，别在中途离开他的阵地。

这是对漏漏的要求，要求他做到这一点，自然我也使用了贿赂的手段，我告诉他，如果他挺住了，那么在他七岁以前,无论他多么调皮捣蛋,我也不会揍他。

漏漏是挺过来了,至于我会不会遵守诺言,在漏漏七岁以前不揍他,这就难说了。我的保证是七年,不是七天,七年时间实在有些长。儿子出生以后,给他想个名字成了难事。以前给朋友的孩子想名字,一分钟可以想出三四个来,给自己作品中的人物取个名字,也是写到该有名字的时候立刻想一个。轮到给自己儿子取个名字,就不容易了,怎么都想不好,整天拿着本《辞海》翻来看去,我父亲说干脆叫余辞海吧,全有了。

漏漏取名叫余海果,这名字是陈虹想的,陈虹刚告诉我的时候,我看一眼就给否定了。过了两天,当家里人都在午睡时,我将余海果这三个字写在一个白盒子上,看着看着觉得很舒服,嘴里叫了几声也很上口,慢慢地我越来越喜欢这个名字了,等到陈虹午睡醒来,我已经非这名字不可了。我对陈虹说:"就叫余海果。"

儿子出生了,名字也有了,我做父亲的感受也是越来越突出,我告诉自己要去挣钱,要养家糊口,要去干这干那,因为我是父亲了,我有了一个儿子。其实做父亲最为突出的感受就是：我有一个儿子了。这个还不会说话，经常咧着没牙的嘴大笑的孩子，是我的儿子。

       一九九四年二月十八日

流行音乐

在我儿子出生后半年,我觉得他已经是一个很正经的人了,他除了吃和睡、哭和笑以外,还没有别的更突出的表现,我就对陈虹说:他应该有点什么爱好了。所以我决定让他来分享我对古典音乐的爱好,我希望巴赫、勃拉姆斯他们,还有巴尔托克和梅西安他们,当然还有布鲁克纳和肖斯塔科维奇,他们能让我的儿子漏漏感到幸福,因为他们每天都令我愉快。我以为漏漏会子承父业,会和我一样感到愉快。

我在全部的CD盘里,为儿子挑选出了三部作品,巴赫的《平均律》,巴尔托克的《小宇宙》,德彪西的《儿童乐园》,三部作品都是钢琴曲。我喜欢钢琴的叙述,那种纯粹的,没有偏见的叙述,声音表达出来的仅仅只是声音的欲望。我没有选择弦乐作品,是因为弦乐在情感上的倾向过于明显;而交响乐,尤其是卡拉扬的柏林爱乐和穆拉文斯基的列宁格勒所演奏的交响乐，我想会把我儿子吓死的，他小小的内心里容纳不了跌宕的、幅度辽阔的声音；至于清唱剧，就像巴赫的《马太受难曲》，我被叙述上的单纯和宁静深深打动，可是叙述后面的巨大的苦难又会使人呼吸困难，我不希望让儿子在半岁的时候就去感受忧伤。我儿子半岁以后，我发现他脾气成长的速度远远超过了身体，哭叫不仅是他的武器，还成为了他的荣耀。他在发现和感受世界的时候，常常显得很烦躁，尤其是他开始皱着眉观察四周的事物，那模样像是在沉思什么，我就觉得应该给他更多的宁静。

这就是我为什么选择了《平均律》《小宇宙》和《儿童乐园》，我希望儿子听到真正的宁静，除此之外，我希望他什么都别听到。在我看来，《平均律》和《小宇宙》所表达出来的单纯，可以说是登峰造极；而《儿童乐园》是德彪西为女儿所写，轻快、天真、幽默和温暖，在同一张CD上，还有弗雷的《洋娃娃》。

每天到了晚上，我把他抱到床上以后，钢琴曲就会开始，在旋律的发展中，他逐渐进入睡梦。就这样日复一日，他在钢琴曲里睡去，翌日醒来时，又在钢琴曲里起床。慢慢地，他学会了爬，又学会了走路，开始牙牙学语。同时我看到巴赫让他出现了反应，他有时候听着音乐会摇头晃脑起来，甚至连身体也会跟着摆动，最激动的一次是他爬到一只音箱前，对着里面飘出的钢琴曲哇哇大叫。正当我乐观地感到儿子对巴赫的喜爱与我越来越接近时，外婆拿来了一盒儿童歌曲的录音带，里面有一首四十多年前王丹凤唱过的儿歌：

小燕子，穿花衣……

这一天下午，我的儿子听到这首歌的时候，显得十分激动，张大嘴巴使劲地笑着，小小的身体拼命扭动。他让我将这首歌放了一遍又一遍，直到自己气喘吁吁，满头大汗，因为激动过度而没有了力气，倒在床上睡去后，我这才关掉了音响。

从此以后，他就再也不听巴赫了，每当我为他放出巴赫的《平均律》，我这才一岁几个月的儿子都要愤怒地挥动着手，嘴里口齿不清地叫着："小燕子，小燕子……"我只好关掉巴赫，关掉巴尔托克，让

"小燕子,穿花衣……"在我们的房间里飘扬。

我苦心经营了近一年的巴赫,被"小燕子"几分钟就瓦解了。于是我的蓄谋已久,我的望子成龙,我的拔苗助长,还有什么真正的宁静?在我儿子愤怒挥动的手上和口齿不清的"小燕子"里,一下子就完蛋了。流行音乐通过我的儿子,向我证明了它们存在的力量。现在回想起来,当我儿子最初摇摆着身体听巴赫时,他已经把《平均律》当成流行音乐了。他是用听摇滚的姿态,来听我们伟大的巴赫。

一九九六年五月九日

可乐和酒

对我儿子漏漏来说,"酒"这个词曾经和酒没有关系,它表达的是一种有气体的发甜的饮料。开始的时候,我忘记了具体的时间,可能漏漏一岁四五个月左右,那时候他刚会说话,他全部的语言加起来不会超过二十个词语,不过他已经明白我将杯子举到嘴边时喝的是什么,他能够区分出我是在喝水还是喝饮料,或者喝酒,当我在喝酒的时候,他就会走过来向我叫道:"我要喝酒。"

他的态度坚决而且诚恳,我知道自己没法拒绝他,只好欺骗他,给他的奶瓶里倒上可乐,递给他:"你喝酒吧。"

显然他一下子就喜欢上了这种饮料,并且将这种饮料叫作"酒"。我记得他第一次喝可乐时的情景,他先是慢慢地喝,接着越来越快,喝完后他将奶瓶放在那张小桌子上,身体在小桌子后面坐了下来,他有些发呆地看着我,显然可乐所含的气体在捣乱了,使他的胃里出现了十分古怪的感受。接着他打了一个嗝,一股气体从他嘴里涌出,他被自己的嗝弄得目瞪口呆,他不知道发生了什么,睁圆了眼睛惊奇地看着我,然后他脑袋一抖,又打了一个嗝,他更加惊奇了,开始伸手去摸自己的胸口,这一次他的胸口也跟着一抖,他打出了第三个嗝。他开始慌张起来,他可能觉得自己的嘴像是枪口一样,嗝从里面出来时,就像是子弹从那地方射出去。他站起来,仿佛要逃离这个地方,仿佛嗝就是从这地方钻出来的,可是等他走到一旁后,又是脑袋一抖,打出了第四个嗝。他发现嗝在紧追着他,他开始害怕了,嘴巴出现了哭泣前的扭动。

这时候我哈哈笑了起来,他的样子实在是太可爱了,让我无法忍住自己的笑声。看到我放声大笑,他立刻如释重负,他知道自己没有危险,也跟着我放声大笑,而且尽力使自己的笑声比我响亮。

就这样,可乐成为了他喜爱的"酒",他每天都要发出这样的喊叫:"我要喝酒。"同时他每天都要体会打嗝的乐趣,就和他喜欢喝"酒"一样,他也立刻喜欢上了打嗝。

我的儿子错将可乐作为酒,一直持续到两岁多。他在海盐生活了三个月以后,在我接他回北京的那一天,我的侄儿阳阳将他带到一间屋子里,过了一会儿,他突然哭喊着跑了出来,双手使劲扯着自己的衣领,像是自己的脖子被人捏住似的紧张,他扑到了我的身上,我闻到了他嘴里出来的酒味,然后看到我的侄儿阳阳一脸坏笑地从那间屋子里走出来。

我的侄儿比漏漏大七岁,他知道漏漏每天都要喝的"酒"其实是可乐,所以他蒙骗了漏漏,当他将白酒倒在瓶盖里,告诉漏漏这是酒的时候,其实是在骗他这就是可乐。我的漏漏喝了下去,这是他第一次将酒作为酒喝,而且还是白酒,酒精使他痛苦不堪。

同一天下午,我和漏漏离开了海盐,来到上海。在上海机场候机的时候,我买了一杯可乐给漏漏,问他:"要不要喝酒?"上午饱受了真正的酒的折磨后,我的漏漏连连摇头,他不要喝酒。这时候对漏漏来说,酒的含义不再是有气体的发甜的饮料,而是又辣又烫的东西。

我问了他几次要不要喝酒，他都摇头后，我就问他："要不要喝可乐？"他听到了一个新的词语，和"酒"没有关系，就向我点了点头，当他拿杯子喝上可乐以后，我看到他一脸的喜悦，他发现自己正在喝的可乐，就是以前喝的"酒"。我告诉他："这就是可乐。"他跟着重复："可乐、可乐……"

我的漏漏总算知道他喜爱的饮料叫什么名字了。此前很长的时间，他一直迷失在词语里，这是我的责任，我从一开始就误导了他，混淆了两个不同的词语，然后是我的侄儿跟随我也蒙骗了他，有趣的是我侄儿对漏漏的蒙骗，恰好是对我的拨乱反正，使漏漏在茫茫的词语中找到了方向。可乐和酒，漏漏现在分得清清楚楚。

一九九六年五月十四日

恐惧与成长

我儿子漏漏八个月的时候，还不会走路，刚刚学会在地毯上爬，于是我经常坐在椅子里，看着他在地毯上生机勃勃地爬来爬去，他最有兴趣的地方是墙角和桌子下面。他爬到墙角时就会对那里积累起来的灰尘充满了兴趣，而到了桌子下面他就会睁大眼睛，举目四望，显然他意识到四周的空间一下子变小了。

我经常将儿子的所有玩具堆在地毯上，让他在那里自己应付自己，我则坐在一旁写作。有一次，他爬到墙角，在那里独自玩了一会儿后，突然哭叫起来，我回头一看，他正慌张地向我爬过来，脸上充满了恐惧和眼泪，爬到我面前后，他嘴里呜呜叫着，十分害怕地伸手去指那个墙角。我把他抱起来，我不知道那个墙角出现了什么，使我的儿子如此恐惧，当我走到墙角，看到地毯上有一截儿子拉出来的屎，我才知道他为什么这么害怕了。

在我的记忆里，这是儿子第一次因为恐惧而哭叫，把他吓一跳的是他自己的屎。在此之前，儿子的每一次哭叫不是因为饥饿，就是哪儿不舒服了，他的哭叫只会是为了生理的原因，而这一次他终于因为心理的原因而哭泣了。他在心里感受到了恐惧，与此同时他第一次注意到了自己的排泄物，第一次接受了这个叫作"屎"的词。当我哈哈笑着告诉他发生了什么，他慢慢舒展过来的表情也在回答我：他开始似懂非懂了，他不再害怕了。

这是发自肺腑的恐惧，与来自教育的恐惧不同，来自教育的恐惧有时就是成年人的恫吓，常常是为了制止孩子的某些无理取闹，于是虚构出一些不存在的恐惧，比如我经常为了让他安静下来，告诉他："怪物来了。"他的脸上立刻就会出现肃然起敬的神情，环顾左右以后将身体缩进了我的怀里。

有一次他独自走进了厨房，看到一只从冰箱里取出来正在化冻的鸡以后，脸色古怪地回到了我的面前，轻声告诉我："有怪物。"然后小心翼翼地拉着我去看那化冻的"怪物"。我才发现他所恐惧的怪物，已经在他心里留下了固定的体积和形状，已经成为了源泉，让我的儿子源源不断地自我证实这样的恐惧，同时对他内心的成长又毫无益处。

但是那些自发的恐惧不一样，这样的恐惧他总是能够自己克服，每一次的克服都会使内心得到成长。他对世界的了解，那些真正属于自己的了解，就是在不断地恐惧和不断地克服中完成，一直到他长大成人，甚至到他白发苍苍，都会有这样的恐惧陪伴他。就像我对树梢在月光里闪烁时的恐惧，这种恐惧在我童年里就已经开始了，当我走在夜晚里，当我抬头看到树梢在月光里发出寒冷的光芒时，我就会不寒而栗，就会微微发抖。直到现在，我仍然为自己保存着这样的恐惧。

从那一次自己把自己吓了一跳以后，我注意到儿子的恐惧与日俱增。有一次我抱着他去京西宾馆看望《收获》杂志的朋友，走进电梯时他没有看到门是怎样关上的，当我们准备出去时，他的双手正在摸着电梯的门，这时电梯的门突然打开了，把他吓得转身紧紧抱住了我，小小的身体瑟瑟打抖。当我们走出电梯后，他睁大眼睛，满脸疑惑地看着电梯的门又出现了,并且是迅速地合上。他再一次转身紧紧抱住了我。对他来说,电梯的门没有打开和合上的过程,而是突然消失和突然回来,就像是神话一般,不像是现实。后来,当他会说话了,我再抱着他走进电梯时,他就显得从容不迫了,电梯的门打开时,他会说:"门开啦。"走出电梯,门合上时,他会说:"门关上啦。"

儿子两岁的时候,我把他带到了浙江海盐,他在爷爷和奶奶身边生活了三个月,到了年底,我去海盐把他接回北京。我们是在上海坐上飞机回来的,这是他第四次坐飞机,前面三次都是在中午的时候上的飞机,飞机起飞时他就睡着了,一直到飞机降落他才醒来。这一次情况不一样了,我们是下午四点钟的时候上的飞机,他在海盐到上海的汽车里已经睡足了,所以一进入候机楼,他就显得生机勃勃,两只手东挥西指的,让我抱着东奔西走,他随时都会改变手指的方向,我也得随时改变行走的方向。这样胡乱走了一会儿后,他看到了楼外停机坪上的飞机,于是他的手指从此以后就变得坚定不移了,他指着楼外的飞机,嘴里反复叫着"飞机"这个词语,要我立刻把他抱到飞机面前,为了增加自己的力量,他开始哭和叫。我告诉他,一次又一次地告诉他,现在还没有到上飞机的时间,他不仅没有安静下来,在哭叫里又加上了手舞足蹈。我只好把他放到地上,让他走到挡住我们的那块玻璃前,告诉他玻璃挡住了我们,我们没有办法过去。他伸手一摸,摸到了那块玻璃,当他确信我说的话是正确时,就愤怒地抬脚猛踢那块玻璃。

他在候机楼里就让我疲惫不堪了,总算等到了上飞机的时间,看到我抱着他慢慢地走近飞机,他开始安静下来,开始惊喜地看着四周的变化。我们走入了机舱,我把他放在靠窗的座位上,他两岁以后开始有自己的座位了。他坐下后又爬起来,跪在椅子上,看着窗外的另外一架飞机,激动不已,一定要我和他一起看着那一架飞机,我的加入增加了他的欢乐。

然后飞机滑行了,他扭过头来惊喜地说:"飞机飞啦。"随后双手试图抓住飞机的窗沿,眼睛看着外面,嘴里兴奋地不停喊叫着:"飞机飞啦,飞机飞啦……"

当飞机脱离跑道,真正飞起来时,我的儿子叶公好龙了,飞机突然拉高起飞的那一刻,恐惧也在他心里起飞了,他转身扑向了我,嘴里尖声叫起来:"爸爸,不要飞机,我们走。"

飞机都飞上了天空,我的儿子却决定要下飞机了,真让我哭笑不得。我儿子又哭又叫,反复说着"不要飞机,我们走"这样的话,我告诉他这时候不要飞机已经晚了,这时候谁都不能不要飞机了,我儿子于是使劲地喊叫:"救命啊,救命啊……"

我都不知道他是从哪里学来的这个词组,我第一次听到他这样喊叫就是在飞机上。他又哭又闹了十来分钟,飞机的飞行开始平稳了,他也开始安静下来,他告诉我:"爸爸,裤子湿啦。"

我一摸他的裤子,才知道他刚才尿都吓出来了。他暂时忘记了飞机的事,提出了新的要求:"爸爸,换裤子。"

他的衣服都放在已经托运的箱子里,我告诉他不用换了,过一会儿裤子就会自己干的,可是他一定要换裤子,并且同样以哭闹来加强他词语的力量。正当我手足无措的时候,飞机遇上气流摇摆起来,他马上就想起来自己还没有下飞机,于是又叫了起来:"不要飞机,爸爸,我们走。"看到我没有站起来走的意思,他就喊叫:"救命啊,救命啊……"

从上海到北京的一个半小时的飞行里，我的儿子不是要求下飞机，就是要求换裤子，而我怎么也不能令他满意，我的软硬兼施和废话连篇只能让他安静片刻。当我竭尽全力刚刚将他的注意力引开，飞机又遇上气流了，要不就是他又发现自己的裤子是湿的。我儿子哭闹的高潮是飞机在北京机场下降的时候，我看到他的眼睛里充满了恐惧，飞机的急速下降使他的恐惧急速上升，他的嗓子都嘶哑了，他仍然喊叫着："救命啊，救命啊……"

当飞机接触到了地面，开始滑行时，我提起窗盖，我告诉他："现在不是飞机了，现在是汽车了。"

他听到我的话以后，胆战心惊地转过头去，试探地看了两眼，当他看到窗外的景色在平行地滑过去时，他从记忆里唤醒了来自汽车的感受，他破涕为笑了，恐惧从他眼中消失，欢乐开始在他眼中闪亮，他惊喜地对我说："现在是汽车啦。"

一九九六年五月十四日

儿子的影子

儿子出生以后,我每天都有着实实在在的感觉,他的身体、他的声音时刻存在着,只要我睁开眼睛或者走近他,就会立刻体会到他,有时候会感到比体会自己更加真切。而且这实在的感觉每天都在变化着,随着儿子身体和声音的变化,虽然很微妙,可是十分明显。我感到有一个生命正在追随着我,我能够理解他逐渐成长的思维,就像理解自己的思维一样容易。

没多久,这个生命开始下地行走了,他摇摇晃晃地寻找着方向,他的两只手像是走钢丝的艺人那样伸开着,他一下地就学会了平衡自己身体的能力,让我感到人的很多本领都是与生俱有的。

当他真正找到行走的乐趣时,也就是说他体会到方向意味着什么时,他的行走不再是胡乱的走动,而是为了看或者为了拿,这时候他已经是一个顽皮的孩子了。

这一年的冬天,有一天晚上我们一家三口走在回家的路上,当儿子穿着厚厚的衣服在一盏盏路灯下走过去时,我们发现了他的影子,那个属于他和灯光的影子,在冬天夜晚的地上变幻莫测。那时候他还不满两岁,由于行走得十分卖力,他的两条胳膊也是尽情挥舞,再加上厚重的衣服,当他走近灯光时,我们发现他在地上的影子如同企鹅,在冰雪中摇摇摆摆的企鹅。由于灯光下角度和位置的变化,顷刻之间他的影子越来越圆,像是皮球似的滚动了一下,随即他又成为了狗熊,可能是他突然跑动起来的缘故,他的影子像狗熊一样笨拙。就这样,他的影子一会儿拉长,一会儿缩短,有时候似乎只有一条腿在行走,有时候两条胳膊突然消失了。儿子在一盏盏路灯下走过去,他影子的变化没有一次是重复的,丰富无比,似乎没有穷尽之时。

我感到拥有一个儿子真是快乐无比,他形象的成长和声音的变化给了我无数实实在在的快乐后,在夜晚的灯光下,他的影子又给了我很多虚幻的快乐,而且是无法重现的快乐。不像他的形象,只要我愿意,我就可以一次次地去注视他。而他的影子,那些在路灯下转瞬即逝的影子,那些美妙变幻的影子,我只能去一次次地回想。后来的日子里,我多次再见他在路灯下拖过去的影子,仍然美妙,可是我总觉得今不如昔。

我想起来一首诗,是很多年以前读到的,我忘记了作者是谁,也忘记了诗的题目是什么,只记得其中的三行:

> 我看见了一个马车夫的影子,
> 手里拿着一把刷子的影子,
> 正在刷一辆马车的影子。

当初我曾经被诗中奇妙的视角所吸引,如今我更能体会其中的乐趣。

一九九八年二月二十三日

消费的儿子

我儿子还不满三岁,可是他每次出门,都要对我们说:"我们打的吧。"

从他说这话的神态上,出门坐出租车似乎是天经地义的事,仿佛出租车是这个世界上唯一的交通工具。我记得他刚会说几句话的时候,大概也就是两岁的时候,他就经常对我们说:"我不要坐公交汽车,我要坐出租汽车。"

我都不知道他是通过什么方法来区分公交车和出租车的,我只是感叹自己,感叹自己是在二十五六岁的时候,才知道有一类交通工具叫出租汽车,到三十岁才第一次坐上它,并且在很长时间里不习惯说"打的"这个词。而在我儿子那里,"打的"就是出门,就是上街,就是去玩。如此而已。

当我还在努力去适应今天的这个消费时代,我的儿子生下来就是这个时代的孩子,于是我对他的很多教育就成了张勋复辟,总是很快就失败。虽然他还不满三岁,可是对他来说,他的父亲已经是一个旧时代的产物了。

现在他经常对我说这样的话:"我没见过这个东西。"他意思就是要得到这个东西。完全的消费主义的腔调,他想得到的不再是他是否需要,而是他没有的东西。尽管他现在还不明白这一点,但是以后,我想他这样的腔调只会越来越强硬。为此我有时候会感到不安,同时也是无可奈何,因为他不仅是我的儿子,同时也是这个消费时代的儿子。

一九九六年八月十一日

父子之战

我对我儿子最早的惩罚是提高自己的声音,那时他还不满两岁,当他意识到我不是在说话,而是在喊叫时,他就明白自己处于不利的位置了,于是睁大了惊恐的眼睛,仔细观察着我进一步的行为。当他过了两岁以后,我的喊叫渐渐失去了作用,他最多只是吓一跳,随即就若无其事了。我开始增加惩罚的筹码,将他抱进了卫生间,狭小的空间使他害怕,他会在卫生间里"哇哇"大哭,然后就是不断地认错。这样的惩罚没有持续多久,他就习惯卫生间的环境了,他不再哭叫,而是在里面唱起了歌,他卖力地向我传达这样的信号——我在这里很快乐。接下去我只能将他抱到了屋外,当门一下子被关上后,他发现自己面对的空间不是太小,而是太大时,他重新唤醒了自己的惊恐,他的反应就像是刚进卫生间时那样,嚎啕大哭。

可是随着抱他到屋外次数的增加，他的哭声也消失了，他学会了如何让自己安安静静地坐在楼梯上，这样反而让我惊恐不安，他的无声无息使我不知道外面发生了什么，我开始担心他会出事，于是我只能立刻终止自己的惩罚，开门请他回来。当我儿子接近四岁的时候，他知道反抗了，有几次我刚把他抱到门外，他下地之后以难以置信的速度跑回了屋内，并且关上了门。他把我关到了屋外。现在，他已经五岁了，而我对他的惩罚黔驴技穷以后，只能启动最原始的程序，动手揍他了。就在昨天，当他意识到我可能要惩罚他时，他像一个小无赖一样在房间里走来走去，高声说着："爸爸，我等着你来揍我！"

我注意到我儿子现在对付我的手段，很像我小时候对付自己的父亲。儿子总是不断地学会如何更有效地去对付父亲，让父亲越来越感到自己无可奈何；让父亲意识到自己的胜利其实是短暂的，而失败才是持久的；儿子瓦解父亲惩罚的过程，其实也在瓦解着父亲的权威。人生就像是战争，即便父子之间也同样如此。当儿子长大成人时，父子之战才有可能结束。不过另一场战争开始了，当上了父亲的儿子将会去品尝作为父亲的不断失败，而且是漫长的失败。

我不知道自己五岁以前是如何与父亲作战的，我的记忆省略了那时候的所有战役。我记得最早的成功例子是装病，那时候我已经上小学了，我意识到父亲和我之间的美妙关系，也就是说父亲是我的亲人，即便我伤天害理，他也不会置我于死地。我最早的装病是从一个愚蠢的想法开始的，现在我已经忘记了究竟是什么原因促使我装病，我所能记得的是自己假装发烧了，而且这样去告诉父亲，父亲听完我对自己疾病的陈述后，第一个反应——几乎是不假思索的反应，就是将他的手伸过来，贴在了我的额头上。那时我才想起来自己犯了一个致命的错误，我竟然忘记了父亲是医生，我心想完蛋了，我不仅逃脱不了前面的惩罚，还将面对新的惩罚。幸运的是我竟然蒙混过关了，当我父亲洞察秋毫的手意识到我什么病都没有的时候，他没有去想我是否在欺骗他，而是对我整天不活动表示了极大的不满，他怒气冲冲地训斥我，警告我不能整天在家里坐着或者躺着，应该到外面去跑一跑，哪怕是晒一晒太阳也好。接下去他明确告诉我，我什么病都没有，我的病是我不爱活动，然后他让我出门去，爱干什么就干什么，两个小时以后再回来。我父亲的怒气因为对我身体的关心一下子转移了方向，使他忘记了我刚才的过错和他正在进行中的惩罚，突然给予了我一个无罪释放的最终决定。我立刻逃之夭夭，然后在一个很远的安全之处站住脚，满头大汗地思索着刚才的阴差阳错，思索的结果是以后不管出现什么危急的情况，我也不能假装发烧了。

于是，我有关疾病的表演深入到了身体内部，在那么一两年的时间里，我经常假装肚子疼，确实起到了作用。由于我小时候对食物过于挑剔，所以我经常便秘，这在很大程度上为我的肚子疼找到了借口。每当我做错了什么事，我意识到父亲的脸正在沉下来的时候，我的肚子就会疼起来。刚开始的时候我还能体会到自己是在装疼，后来竟然变成了条件反射，只要父亲一生气，我的肚子立刻会疼，连我自己都分不清是真是假。不过这对我来说已经不重要了，重要的是我父亲的反应，那时候我父亲的生气总会一下子转移到我对食物的选择上来，警告我如果继续这样什么都不爱吃的话，我面临的就不仅仅是便秘了，就连身体和大脑的成长都会深受其害。又是对我身体的关心使他忘记了应该对我做出的惩罚，尽管他显得更加气愤，可是这类气愤由于性质的改变，我能够十分轻松地去承受。

这似乎是父子之战时永恒的主题，父与子之间存在着的那一层隐秘的和不可分割的关系，那种仿佛是抽刀断水水更流的关系，其实是父子间真正的基础，就像是河流里的河床那样，不会改变。很多年过去了，当我开始写作以后，我父亲对我写下的每一篇故事，都是反复地阅读，这几乎是他一生里最为认真的阅读经历了。当我出版一部新作，给他寄出后，他就会连续半个月天天去医院的传达室等候我的书，而且几乎每天都给我打电话，对我的书迟迟未到显得急躁不安。我父亲这样的情感其实在我小时候就已经充分显露了，从而使我经常可以逃脱他的惩罚。

我装病的伎俩逐渐变本加厉，到后来不再是为了逃脱父亲的惩罚，而是为摆脱扫地或者拖地板这样的家务活而装病了。有一次我弄巧成拙了，当我声称自己肚子疼的时候，我父亲的手摸到了我的右下腹，他问我是不是这个地方，我连连点头，然后父亲又问我是不是胸口先疼，我仍然点头，接下去父亲完全是按照阑尾炎的病状询问我,而我一律点头。其实那时候我自己也弄不清是真疼还是假疼了,只是觉得父亲有力的手压到哪里,哪里就疼。然后,在这一天的晚上,我躺到了医院的手术台上,两个护士将我的手脚绑在了手术台上。当时我心里充满了迷惘,父亲坚定的神态使我觉得自己可能是阑尾炎发作了,可是我又想到自己最开始只是假装疼痛而已,尽管后来父亲的手压上来的时候真的有点疼痛。我的脑子转来转去,不知道如何去应付接下去将要发生的事,我记得自己十分软弱地说了一声:我现在不疼了。我希望他们会放弃已经准备就绪的手术,可是他们谁都没有理睬我。那时候我母亲是手术室的护士长,我记得她将一块布盖在了我的脸上,在我嘴的地方有一个口子,然后发苦的粉末倒进了我的嘴里,没多久我就什么都不知道了。

等到我醒来的时候,我已经睡在家里的床上了,我感到哥哥的头钻进了我的被窝,又立刻缩了出去,连声喊叫着:"他放屁啦,臭死啦。"然后我看到父母站在床前,他们因为我哥哥刚才的喊叫而笑了起来。就这样,我的阑尾被割掉了,而且当我还没有从麻醉里醒来时，我就已经放屁了，这意味着手术很成功，我很快就会康复。很多年以后，我曾经询问过父亲，他打开我的肚子后看到的阑尾是不是应该切掉。我父亲告诉我应该切掉，因为我当时的阑尾有点红肿。我心想"有点红肿"是什么意思，尽管父亲承认吃药也能够治好这"有点红肿"，可他坚持认为手术是最为正确的方案。因为对那个时代的外科医生来说，不仅是"有点红肿"的阑尾应该切掉，就是完全健康的阑尾也不应该保留。我的看法和父亲不一样，我认为这是自食其果。

一九九九年一月三十一日

儿子的固执

去年十一月我们在哈佛大学的时候,周成荫教授让一位学生带着余海果在波士顿到处游玩,那位学生后来笑着告诉我,说余海果的语言很特别,她有一次抓住余海果的手腕,可能使了点劲,余海果不说捏重了,他说:

"你捏住我的血管了。"

我记得余海果还在幼儿园上学的时候,有时我会突然吼他一声。有一天他认真地告诉我,这突然的吼声对他的伤害很大,他做了一个比喻,他说:

"好比是拿着遥控器,咔嚓一下把电视关了一样,你会咔嚓一下把我的生命关了。"

我和余海果相处十一年了,我经常被他奇怪和特别的比喻吸引。当他上了小学,开始写作文以后,他的比喻总是在那些错别字和病句中间闪闪发亮。

余海果一直声称自己不喜欢写作。这次他跟着我和陈虹在美国和法国转了八个月,看了很多风格迥异的建筑,于是声称自己迷上建筑了。在美国我们跑了十多个城市和二十多所大学,他说最喜欢的是斯坦福大学,他喜欢斯坦福的房子。因为在伯克利住了三个月,他也喜欢伯克利加州大学,他说喜欢校园里的坡度。

余海果开始写作文的时候,就会把自己关进小屋子,过一会儿出来宣布一下,已经写了多少个字了,然后又进去继续写作,再过一会儿又出来一下,又宣布写了多少个字了。他每写几个字都要重新清点一下总共有多少字了,这是他写作最初的成就感。

《在美国钓鱼》是余海果迄今写得最长的一篇作文,这篇作文对他意义重大,这之后他不屑于点算字数了,开始点算页码。当他从自己的小房间出来,会宣布自己又写了半页,或者又写了一页。然后像是经历了一次长跑一样,疲惫地说要让自己休息一下了。

我和陈虹曾经希望他多写几篇关于美国的作文,我们在爱荷华城住了两个多月,在鬼节的那个晚上,他和两个同龄的孩子挨家挨户去要糖果,最后背着一大袋糖果回家，倒在桌子上清点时得意洋洋。之后的感恩节我们又在洛杉矶度过，他去了朝思暮想的迪士尼乐园和环球影城，他还在我们住的希尔顿酒店的露天泳池里游泳，他说喜欢洛杉矶，因为这是一个冬天还能在露天游泳的城市。圣诞节的时候我们已经在旧金山了，晚上我们专门去了一个教堂，在肃静的气氛里他坐立不安，神甫在讲述的时候，他偷偷告诉我，他快要得忧郁症了。纽约的曼哈顿和芝加哥的市中心气势恢宏，行走在那里的街道上就像是行走在峡谷里。还有北卡安静的小镇，还有灯火辉煌的拉斯维加斯……有很多可以写作的经历，他在爱荷华城的赫尔斯曼小学和伯克利的拉孔特小学分别上了两个月的课，与美国孩子在一起的经历。我们都希望他写一写，但是他摇头，他说写作一定要自己想写了才能写好。

前几天他突然自己想写作了，他上卫生间时没有开灯，他坐在黑暗的里面突然有了一种黑暗的感觉，这种感觉让他深感不安，他从卫生间里出来时告诉我们，他想好了一首诗，题目叫《地下一层》。我们家在二十层，可是卫生间的黑暗让他写下了这首《地下一层》，他裤子都来不及系好，就赶紧在本子上记下了他的诗，然后用他脆生生的声音朗读起来：

> 地下一层，永久的平静，
> 地下一层，汽车的监狱，
> 地下一层，一个见不着阳光的悲剧，
> 地下一层，一片枯死在地下的根。

我说把"监狱"用在"汽车"的后面是不是过重了？我觉得应该用一个温和的词来代替"监狱"。他不同意，他说他要表达的是他在黑暗中的感觉。

那个曾经带着他在波士顿游玩的哈佛学生告诉我，余海果喜欢拿着摄像机到处拍摄，当别人告诉他应该拍摄什么时，他总是摇头拒绝，他说：

"我有自己的艺术感觉。"

二〇〇四年十月八日

这是时间对我们的迫害

我是一九六〇年出生的,这使我对二〇〇〇年始终有着完整的数字概念,刚好四十年。我记得小时候曾经想到过这一天,那时候我也就是十来岁,或者再大上两三岁,那时候二〇〇〇年对我来说非常遥远,就像让我行走着去美国似的漫长和不可思议。现在再想到这一天,我感到它已经来到了,近在咫尺,似乎睡一觉醒来拉开窗帘就可以看到二〇〇〇年一月一日的明亮的天空。这一天来到的速度如此之快,并且越来越快,让我不安。而当我回首过去,回想我十岁的情景时,却没有丝毫的遥远之感,仿佛就在昨天。我十岁展望二〇〇〇年时,我显然是奢侈了;而现在回忆十岁的情景时,我充满了伤感。这是时间对我们的迫害,同样的距离,展望时是那么漫长,回忆时却如此短暂。

一九九八年十二月二十四日

一个成年人的不安

再过几天,一九九四年最后的一个月就要来了,然后是再过一个月,一九九五年要来到了。

这日子过得真是快,似乎刚刚习惯了一九九四年的书写,一九九四年就没有了,接下去在一九九五年的好几个月里,给朋友写信,或者写文章,日期落款时总要不自觉地写上:一九九四年……写完后发现错了,就涂改过来。有时接到朋友的来信,也常发现他们在日期上的涂涂改改。

一年到头,这到头的时候越来越不是滋味,首先来自于"日子过得真快"这样的感受,这快似乎是意料之外和猝不及防的,像是一把榔头突然砸在身边的桌子上。很多人都觉得自己还没怎么过日子,这日子就过去了,他们的感受有点像是刚刚睡着就被叫醒似的,睁着迷迷糊糊的眼睛,莫名其妙地看着新年的元旦，而新年元旦就是那一声把他们惊醒的，突然来到的响亮喊叫。

同时，这快的感受还是对自己过去行为的来不及做出的反应，换句话说，就是对自己经历过的生活突然产生了怀疑，"这一年我是怎么过来的？"自然，这个问题会很快弄清楚，弄清楚以后，人们就会寻找某种方式，试图来证明自己刚刚过去的生活是否值得。

于是，一年到头，这到头就成为了多愁善感的怀旧。想一想，一年里自己干了些什么？拿一支笔，再拿一张纸，认认真真想着，记在纸上，大事小事，只要想得起来的都记上去，最后一看，发现自己这一年里做了不少的事，比如重要的有：从一居室迁到了二居室；或者出版了第十三部作品；或者购买了一台摄像机；还有别的很多的或者……

如果这个时候继续往下想，问题就会出来了，他会发现记在纸上的全是事，作为人，他这一年里又是怎么过来的？他的内心得到了什么？

他开始发现生活的周而复始，他发现自己作为人的生活从来就没有过除旧迎新，他发现自己的生活其实早就一成不变了,他活着的意义就是在不断地复习,今年的生活在复习去年的,而去年的在复习前年的……他越往下想,情绪就越加低落,到最后,一个本来对生活充满信心的人,变成了一个厌世者。这就是一年到头时,一个成年人的不安。

一九九四年十一月二十三日

别人的城市

我生长在中国的南方,我的过去是在一座不到两万人的小城里,我的回忆就像瓦楞草一样长在那些低矮的屋顶上,还有石板铺成的街道、伸出来的屋檐、一条穿过小城的河流,当然还有像树枝一样从街道两侧伸出去的小弄堂,当我走在弄堂里的时候,那些低矮的房屋就会显得高大了很多,因为弄堂太狭窄了。

后来,我来到了北方,在中国最大的城市北京定居。我最初来到北京时,北京到处都在盖高楼,到处都在修路,北京就像是一个巨大的工地,建筑工人的喊叫声和机器的轰鸣声是昼夜不绝。

我年幼时读到过这样的句子:"秋天我漫步在北京的街头……"这句子让我激动,因为我不知道在秋天的时候,漫步在北京街头会是什么样的感觉。当我最初来到北京时,恰好也是秋天,我漫步在北京的街头，看到宽阔的街道，高层的楼房，川流不息的人群车辆，我心想：这就是漫步在北京的街头。

应该说我喜欢北京，就是作为工地的北京也让我喜欢，嘈杂使北京显得生机勃勃。这是因为北京的嘈杂并不影响我内心的安静，当夜晚来临，或者是在白昼，我独自一人走在大街上，想着我自己的事，身边无数的人在走过去和走过来，可是他们与我素不相识。我安静地想着自己的事，虽然我走在人群中，却没有人会来打扰我。我觉得自己是走在别人的城市里。

如果是在我过去的南方小城里，我只要走出家门，我就不能为自己散步了，我不停地会遇上熟悉的人，我只能打断自己正在想着的事，与他们说几句没有意义的话。

北京对我来说，是一座属于别人的城市，因为在这里没有我的童年，没我对过去的回忆，没有错综复杂的亲友关系，没有我最为熟悉的乡音，当我在这座城市里一开口说话，就有人会对我说："听口音，你不是北京人。"

我不是北京人，但我居住在北京，我与这座城市若即若离，我想看到它的时候，就打开窗户，或者走上街头；我不想看到它的时候，我就闭门不出。我不要求北京应该怎么样，这座城市也不要求我。我对于北京，只是一个逗留很久还没有离去的游客；北京对于我，就像前面说的，是一座别人的城市。我觉得作为一个作家，或者说作为我自己，住在别人的城市里是很幸福的。

一九九五年六月二十一日

没有青春了

九十年代初期,我刚定居北京的时候,一位外国记者问我:北京最吸引你的是什么?我回答:暖气。

这位外国记者笑了,她以为我是在开玩笑。我没有开玩笑,那个时候浙江的冬天天寒地冻,凛冽的寒风在深夜里发出阵阵凄惨之声,还从门缝里窗缝里咝咝响着钻进来。

我们那里当时没有暖气,听说过空调,但是没有见过。冬天里我每天有两个艰难时刻,一个是晚上入睡时,我的身体要离开用整个白天焐暖的衣服,进入阴冷的被子;另一个是早晨起床时,身体必须离开用整个晚上焐热的被子,进入冰凉的衣服。

我在冬天的夜晚写作,经常写到双脚失去知觉,站起来需要双手撑住桌子,在房间里一瘸一拐小心翼翼地走动，走到知觉回到脚上。写作时两只手是天壤之别，右手握着钢笔不断写着，右手是热的，左手只是压在稿纸上，移动很少，左手是冷的。我的左手和右手捏到一起时，感觉是活人和死人的握手。

我初来北京时，已在空政文工团创作室工作的陈虹住在招待所里，两人一间，我住在朋友的房子里，他在附近工程兵大院里有一个空置的房间。

晚上的时候，我和陈虹在夜色里散步，没有房子的我们看遍了空政文工团附近房子的窗帘。当时的窗帘很简单，大多是细花和细条纹，也有大花和粗条纹。这些窗帘白天看毫无突出之处，有些窗帘脏兮兮的。到了晚上，屋里的灯光亮起，因为颜色的不同，五花八门的窗帘在灯光的烘托里十分迷人，我们因此看到夜晚的万紫千红。

我们乐此不疲，周而复始地走着。看着那些在灯光里闪亮的风格各异的窗帘，不时有人影出现在窗帘上，有的一闪而过，有的长时间停留在那里。我们羡慕窗帘上的人影，他们有自己的房子，我们没有。我们在羡慕别人的时候，也会安慰自己，虽然我们没有房子，可是我们有青春。

现在我们有房子了,可是没有青春了。

二〇二四年四月十日

图书在版编目(CIP)数据

山谷微风 / 余华著. --北京：北京十月文艺出版社, 2024.8. -- ISBN 978-7-5302-2435-9

Ⅰ. I267

中国国家版本馆CIP数据核字第2024SE3731号

山谷微风
SHANGU WEIFENG
余华 著

出　　版	北京出版集团	
	北京十月文艺出版社	
地　　址	北京北三环中路6号	
邮　　编	100120	
网　　址	www.bph.com.cn	
发　　行	新经典发行有限公司	
	电话 (010)68423599	
经　　销	新华书店	
印　　刷	北京盛通印刷股份有限公司	
版　　次	2024年8月第1版	
印　　次	2024年8月第1次印刷	
开　　本	850毫米×1092毫米　1/32	
印　　张	6.5	
字　　数	93千字	
书　　号	ISBN 978-7-5302-2435-9	
定　　价	49.00元	

质量监督电话 010-58572393
如有印装质量问题，由本社负责调换

版权所有，未经书面许可，不得转载、复制、翻印，违者必究。